Harry Potter™

필 / 름 / 볼 / 트

VOLUME 11

Albus Percival Wulfric Brian Dumbledore

Harry Potter

필 / 름 / 볼 / 트

VOLUME 11

호그와트 교수들과 직원들

조디 리벤슨 지음 | 고정아, 강동혁 옮김

문학수첩

들어가며

해리 포터는 호그와트 마법학교에 다니는 동안 어둠의 왕 볼드모트를 물리치는 데 필요한 마법 기술을 가르쳐 줄 뿐만 아니라 그가 학교생활을 해나가는 동안 지혜를 전해주고 응원해 준 다양한 교수들의 가르침을 받는다. 모든 교사가 긍정적인 영향을 끼친 것은 아니다. 사실, 어떤 교수는 극도로 멍청하고, 또 어떤 교수는 해리와 그의 친구들을 괴롭히고 억압하기도 한다.

해리 포터의 교수들을 비롯한 호그와트의 교직원들은 성격과 외모가 매우 개성적이다. 의상 디자이너(〈해리 포터와 마법사의 돌〉의 주디애나 매커브스키, 〈해리 포터와 비밀의 방〉의 린디 헤밍, 〈해리 포터와 아즈카반의 죄수〉부터 참여해서 시리즈가 마무리될 때까지 팀에 남았던 자니 트밈)들에게는 옷 입히는 일이 즐거운 데다 패션 감각까지 뛰어난 캐릭터들이 맡겨졌다. 다만, 팬들을 만족시켜야 한다는 압박감은 이들의 머릿속을 떠나지 않았다. 주디애나 매커브스키는 말한다. "시리즈 초기 영화 작업은 두려울 정도였어요. 정말이지 아무도 실망시키고 싶지 않았거든요."

캐릭터에 딱 맞는 의상을 만드는 건 무척 중요한 일이었다. 등장인물들이 입는 옷의 소재와 색채는 관객에게 그 캐릭터의 성격을 엿볼 중요한 기회를 제공하기 때문이다. 배우들도 캐릭터의 의상을 보고 연기하는 데 영감을 얻는다. 배우들은 모두 촬영 전에 의상 디자이너와 만나 자기가 입을 의상과 관련한 아이디어를 살피고 의논한다. 〈해리 포터와 마법사의 돌〉에서 배우 리처드 해리스가 입을 알버스 덤블도어 교수의 의상에 대해 논의하려고 만났을 때, 주디애나 매커브스키는 해리스에게 교장이 입을 옷의 예비 스케치를 몇 장 보여주었다. "리처드는 스케치를 잠시 빤히 들여다보더니 말했어요. '고마워요. 고맙습니다. 이제는 내 캐릭터가 어떤 사람인지 알겠군요.' 그렇게 결정된 거예요. 리처드 해리스 덕분에 일이 간단해졌어요."

〈해리 포터와 비밀의 방〉에서 린디 헤밍은 영화 1편에서 확정된 전체적인 모습을 이어갔다. 헤밍은 설명한다. "그렇다고 해서 정확히 똑같은 의상을 입혀야 했다는 말은 아닙니다. 새로운 장면이 나오는 만큼 새로운 의상을 만들어야 하니까요. 하지만 모습이 갑작스럽게 바뀌지 않도록 한 건 확실해요." 헤밍은 뛰어난 기술과 상상력을 갖춘 의상 팀의 재능 있는 팀원에게 공을 돌린다. "팀원들은 복잡하지 않은 방식으로 물건을 만드는 감성을 가진 한편, 늘 조금씩

2쪽: 알버스 덤블도어 교장의 초상화.
위: 호그와트 마법학교 문장. **아래:** 〈해리 포터와 아즈카반의 죄수〉에 나오는 트릴로니 교수의 점술 교실. 앤드루 윌리엄슨 작품.
5쪽: 마법약 교수 세베루스 스네이프(앨런 릭먼)가 〈해리 포터와 비밀의 방〉에서 자기 연구실 책상에 앉아 있다.

손을 봤어요. 쓸 만한 훌륭한 단추를 찾아내거나, 저로서는 상상하기 어려웠지만 의상에 새로운 차원을 더해주는 이상하고 작은 주머니를 달자고 제안하곤 했죠. 팀원들은 해리 포터 책과 영화를 너무 좋아해서 이 시리즈에 기여하고 싶어 했어요."

자니 트밈은 해리 포터 팀에 합류할 때만 해도 "[그녀의] 역할이 이렇게 중요할 줄 몰랐다"고 한다. "알았다면, 완전히 굳어서 아무것도 못 했을 거예요!" 트밈은 호그와트 직원들과 교수들이 영화 대부분에서 '마법사스러운 옷'을 계속 입고 있어야 한다는 것을 알았지만, 가장 인기 있는 인물의 외모를 재해석하기도 했다. 트밈은 루비우스 해그리드의 의상이 교정과 금지된 숲을 돌보는 그의 업무에도 적합해야 하지만, 〈해리 포터와 아즈카반의 죄수〉에서 해그리드가 새롭게 맡게 된 마법 생명체 돌보기 과목 교수의 역할도 반영해야 한다는 생각에 그에게 주머니가 잔뜩 달린 조끼와 두꺼운 바지, 장화를 주었다. 트밈은 로비 콜트레인의 대역인 마틴 베이필드에게 필요한 더 큰 버전의 의상을 만들기 위해 원래 크기의 세 배로 쉽게 부풀리는 것이 가능한 특유의 무늬를 만들었다.

의상 팀은 메이크업 팀장 어맨다 나이트, 헤어스타일리스트 팀장 에트네 페넬과 긴밀하게 협력했다. 두 사람은 〈해리 포터〉 영화 여덟 편을 찍는 동안 쭉 그 역할을 맡았다. 나이트와 페넬은 몇 차례 의상 디자이너와 함께 각 등장인물의 헤어스타일과 겉모습에 관한 아이디어를 논의하며 의상 스케치를 검토했다. 또한 각 영화의 감독과도 협조했다. 감독들도 전체적인 의상 디자인에 자신만의 흔적을 더하고 싶어

했기 때문이다. 페넬은 말한다. "우리는 늘 감독님들에게 언젠가 다시 유행할 아티스트들의 그림을 보여드렸어요. 그리고 그 모습이 마음에 드는지, 아니면 바꾸고 싶은지 물었죠." 가끔은 조금의 변화가 일어났다. "하지만 대부분은 감독님들도 만족하셨어요."

이 창의적인 여성들이 각 캐릭터에 대한 심층적 연구를 통해 얻은 통찰력으로 꾀죄죄한 머리카락이나 늑대인간의 흉터를 내보이는 사람, 체크무늬 트위드 옷과 나풀거리는 비단, 닳아빠진 가죽옷, 북슬북슬하고 선명한 분홍색 옷을 입고 있는 사람 등, 호그와트의 교수와 직원들에게 생기를 불어넣었다는 것은 행운이다.

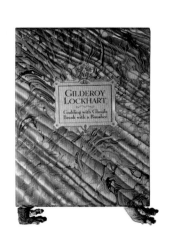

6쪽 위: 〈해리 포터와 불의 잔〉에서 스네이프 교수(앨런 릭먼)가 론 위즐리(루퍼트 그린트)와 해리 포터(대니얼 래드클리프)의 시선을 과제 쪽으로 돌려주고 있다.

6쪽 아래: 길더로이 록하트 교수의 필독 도서 두 권.

위 왼쪽: 어둠의 마법 방어법 교수 덜로리스 엄브리지(이멜다 스탠턴).

위 오른쪽: 록하트 교수(케네스 브래나)가 〈해리 포터와 비밀의 방〉에서 새 학년을 시작하고 있다.

아래: 〈해리 포터와 불사조 기사단〉에서 덜로리스 엄브리지는 시빌 트릴로니 교수(에마 톰슨)를 쫓아내겠다고 위협한다. 변환 마법 교수 미네르바 맥고나걸(매기 스미스)이 트릴로니 교수를 보호하고 있다.

덤블도어 교수

배우 리처드 해리스가 호그와트 마법학교의 교장 알버스 퍼시벌 울프릭 브라이언 덤블도어 교수를 연기했다. 해리스는 대본 리딩 때 대니얼 래드클리프(해리 포터), 에마 왓슨(헤르미온느 그레인저), 루퍼트 그린트(론 위즐리)를 처음 만났다. 대본 리딩을 마치자, 사실상 연기 경험이 전혀 없다시피 한 루퍼트 그린트가 그가 태어나기 전부터 연기를 해온 해리스에게 이렇게 말했다고 한다. "해리스 선생님, 되게 잘 읽으시네요. 이 역할을 잘해내실 것 같아요!"

J.K. 롤링은 의상 디자이너 주디애나 매커브스키를 만나 덤블도어가 옷을 좋아하고 약간의 사치를 즐기는 사람이라고 말해주었다. "롤링은 덤블도어를 유행에 지나치게 관심이 많은 사람으로 묘사해야 한다고 주장했어요. 아마 영화에서 옷을 가장 많이 갈아입은 사람이 리처드일 거예요." 자수 장식뿐 아니라, 천에 실크스크린과 아플리케 작업도 해서 옷이 '공장 제품'이라는 느낌이 들지 않게 했다. 촬영 기간 중 해리스는 긴 백발과 길고 흰 턱수염을 붙이느라 분장 의자에 몇 시간씩 앉아 있었다. 수석 분장사 어맨다 나이트는 식사 시간에는 끈으로 수염을 묶어서 불편을 덜어주었다.

〈해리 포터와 비밀의 방〉에서 해리는 교장실에서 폭스를 처음 만난다. 이 장면에서 덤블도어가 입은 옷은 의상 디자이너 린디 헤밍이 오래된 직물과 오래된 태피스트리 조각들을 살려서 만드는 것이다. 덤블도어가 50년 전 장면에서 입을 옷도 필요했다. 차석 의상 디자이너 마이클 오코너는 덤블도어의 옷을 더 단순하게만 만들면 된다고 보았다. "색깔과 질감은 그대로 유지했습니다. 그가 호그와트 교장일 때만큼 장식이 많지 않았을 뿐이죠. 자주색, 갈색, 금색 계통은 유지하고, 실루엣을 약간 작게, 덜 과장되게 만들었어요." 그런데 안타깝게도 리처드 해리스는 2편이 끝난

영화 속 첫 등장:
〈해리 포터와 마법사의 돌〉

재등장:
〈해리 포터와 비밀의 방〉,
〈해리 포터와 아즈카반의 죄수〉,
〈해리 포터와 불의 잔〉,
〈해리 포터와 불사조 기사단〉,
〈해리 포터와 혼혈 왕자〉,
〈해리 포터와 죽음의 성물 1부〉,
〈해리 포터와 죽음의 성물 2부〉

기숙사: 그리핀도르
직업: 호그와트 교장
소속: 불사조 기사단
패트로누스: 불사조

8쪽: 〈해리 포터와 비밀의 방〉에서 덤블도어가 낡은 태피스트리 조각들이 포함된 망토를 입고 있다.
왼쪽: 교장실에서 이야기를 나누는 덤블도어와 해리. 〈해리 포터와 비밀의 방〉의 한 장면.
오른쪽: 덤블도어의 로브. 주디애나 매커브스키 의상 디자인, 로랑 귄치 스케치.

뒤에 세상을 떠났다.

배우 마이클 갬번이 리처드 해리스의 뒤를 이어 덤블도어 역을 맡게 되었다. 자니 트밈은 옷을 좋아하는 덤블도어 본래의 특징에 새로운 배우의 특징을 결합시켰다. "저는 덤블도어가 늘 움직이며, 활기차고, 자기 확신이 강한 사람이라고 생각했습니다." 알폰소 쿠아론 감독도 같은 생각이었다. "마이클 갬번이 묘사한 덤블도어는 여전히 세련되고 품격이 있는 '나이 든 히피'였죠. 그는 덤블도어가 몸가짐에 어색함이 전혀 없는 그런 사람이라고 했어요." 트밈은 갬번에게 홀치기 염색(원단 일부를 묶거나 감아서 염색해 무늬를 내는 염색법—옮긴이)을 한 부드러운 실크 옷을 겹겹이 입히고, 마법사의 뾰족 모자 대신 술 달린 '동양풍' 납작 모자를 씌웠다. 여기에 더해 켈트식 반지를 끼우고, 턱수염을 가느다란 사슬로 묶었다. 트밈은 〈해리 포터와 혼혈 왕자〉에서 고아 소년 톰 리들을 찾아가는 몇 십 년 전 덤블도어의 의상도 만들어야 했는데, 덤블도어는 그때도 그 시절의 화려한 옷을 입었을 것이 분명했다.

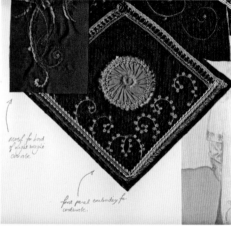

"덤블도어 교수님이 곁에 있는 한,
해리 너는 안전해. 덤블도어 교수님이 곁에 있는 한,
아무도 너에게 손대지 못할 거야."

헤르미온느 그레인저, 〈해리 포터와 마법사의 돌〉

마이클 갬번은 종종 리처드 해리스가 맡았던 덤블도어 역을 물려받게 된 기분이 어떠냐는 질문을 받았다. 갬번은 그것을 셰익스피어의 리어 왕 역할을 맡는 일에 비유한다. "앞서 수많은 배우가 그 역할을 연기한 상황에서 리어 왕을 연기해야 합니다. 다른 사람이 했던 역할을 맡는 건 흔한 일이에요. 그냥 그 배역을 맡아서 자기 것으로 만들면 됩니다." 갬번은 리처드 해리스의 인물 묘사에 절묘한 찬사를 보낸다. 갬번은 말한다. "저는 아일랜드 출신이라 촬영 첫날 그냥 아일랜드 억양을 담아서 대사를 했어요. 알폰소 쿠아론이 괜찮다길래 계속 그렇게 갔죠. 제가 리처드에게 바치는 오마주 같은 거예요."

10쪽 왼쪽: 〈해리 포터와 혼혈 왕자〉를 위한 자니 트밈의 로브 디자인. 마우리시오 카네이로 스케치.
10쪽 오른쪽 위와 중간: 〈해리 포터와 혼혈 왕자〉의 회상 장면에 나오는 복장은 그 시절의 특징을 보여준다. 자니 트밈 정장 디자인, 마우리시오 카네이로 스케치.
10쪽 오른쪽 아래: 로브의 자수 장식 클로즈업.
위: 동양풍 모자.
아래: 덤블도어의 능력이 시험대에 오르면서 의상에 회색이 많아진다.
오른쪽: 〈해리 포터와 혼혈 왕자〉의 의상 참고 사진.

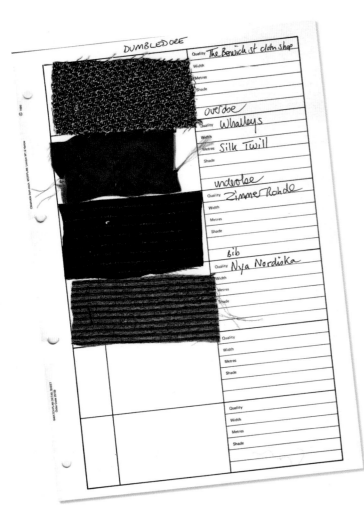

DUMBLEDORE

	Quality	The Berwick st cloth shop
	Width	
	Metres	
	Shade	
overdbe	Quality	Whalleys
	Width	
	Metres	Silk Twill
	Shade	
underdoe	Quality	Zimmer Rohde
	Width	
	Metres	
	Shade	
bib	Quality	Nya Nordiska
	Width	
	Metres	
	Shade	
	Quality	
	Width	
	Metres	
	Shade	
	Quality	
	Width	
	Metres	
	Shade	

덤블도어의 마법 지팡이

알버스 덤블도어 교장의 마법 지팡이를 처음 만들 때, 디자이너들은 이 지팡이가 앞으로 얼마나 중요한 역할을 할지 미처 생각하지 못했다. 가장 오래된 지팡이는 참나무로 만들고, 룬문자로 장식한 손잡이에 뼈를 상감해 넣었다. 피에르 보해나는 말한다. "지팡이치고는 너무 가늘지만, 몇 센티미터 간격으로 혹 같은 마디들이 불거져 있어서 멀리서도 쉽게 알아볼 수 있었죠." 보해나는 이 지팡이의 디자인이 그렇게 두드러진다는 데 만족했다. "말하자면, 그건 세트장에서 가장 큰 총이었어요. 마법 지팡이에 관한 한 그보다 더 강력한 것은 없었죠."

12쪽: 자니 트밈이 디자인한 로브 모음. 마우리시오 카네이로 스케치. 〈해리 포터와 불의 잔〉(위 왼쪽과 오른쪽), 〈해리 포터와 아즈카반의 죄수〉를 위한 로랑 귄치 스케치(위 가운데), 〈해리 포터와 불사조 기사단〉을 위한 마우리시오 카네이로 스케치(아래 오른쪽).
12쪽 아래 왼쪽: 〈해리 포터와 불사조 기사단〉 의상 디자인에 사용한 천 견본표.
위: 대니얼 래드클리프와 마이클 갬번이 〈해리 포터와 혼혈 왕자〉의 동굴 세트장에서 촬영 중이다.
왼쪽: 〈해리 포터와 혼혈 왕자〉에서 버들리 배버튼에 간 덤블도어.

루비우스 해그리드

제작자 데이비드 헤이먼은 말한다. "해그리드는 겉으로 보이는 것보다 더 큰 인물입니다. 그래서 우리는 강하고 위협적이면서도 동시에 따뜻하고 마음 여리고 유쾌할 수 있는 사람을 원했어요. 로비 콜트레인은 그 모든 걸 갖췄죠."

로비 콜트레인이 말한다. "아이들은 덩치가 크고 강하면서 친절한 해그리드를 좋아해요. 아이들은 자기들을 지켜주고 다정하게 대해주는 사람을 바라죠. 많은 아이들이 살면서 그런 사람을 만나보지 못한다는 건 안타까운 일이에요."

일단 해그리드를 연기할 배우를 캐스팅하자, 제작진은 혼혈 거인이 다른 등장인물들 사이에서 어떻게 연기하게 할지를 결정해야 했다. 비슷한 인물이 나오는 영화들에서는 그 인물이 디지털로 삽입되어 결과적으로 촬영과 시각효과를 복잡하게 만든다. 특수분장효과 감독 닉 더드먼은 롱 숏에서 거인 해그리드의 대역을 쓰자고 제안했다. 과연 그렇게 큰 대역을 찾을 수 있겠냐는 우려의 목소리가 있었지만 더드먼은 자신만만하게 가능한 일이라고 말했다. "우리가 찾을 수 있는 가장 큰 사람을 찾으면, 덩치를 키워주는 슈트를 입혀서 키를 2미터가 훨씬 넘게 만들 수 있습니다." 제작진은 키 208센티미터의 전직 럭비 선수 마틴 베이필드를 찾아냈다. 더드먼은 말한다. "로비와 마틴의 전신 석고 틀을 만들고, 마틴이 뒤집어쓸 로비의 고정된 얼굴을 제작했어요." 사실 더드먼과 스튜디오는 제작자 데이비드 헤이먼과 크리스 콜럼버스 감독이 시험해 볼 때까지 이 방법이 통할지 확신할 수 없었다. 작업은 먼저 콜트레인이 의상을 입고 촬영하고 나면, 베이필드가 문 뒤에 대기하고 있다가 콜트레인의 걸음을 흉내 내면서 나오는 식으로 진행됐다. 베이필드는 콜트레인이 최근에 찍은 은행 광고의 대사까지 흉내 냈다. 콜럼버스와 헤이먼, 그리고 특히 더드먼은 더할 수 없이 매력적인 연기에 만족했고, 베이필드는 〈해리 포터와 비밀의 방〉에서 애니메트로닉 머리 없이 학생 시절 해그리드의 역할로 등장하는 기회까지 얻었다.

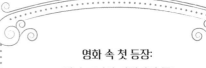

영화 속 첫 등장:
〈해리 포터와 마법사의 돌〉

재등장:
〈해리 포터와 비밀의 방〉,
〈해리 포터와 아즈카반의 죄수〉,
〈해리 포터와 불의 잔〉,
〈해리 포터와 불사조 기사단〉,
〈해리 포터와 혼혈 왕자〉,
〈해리 포터와 죽음의 성물 1부〉,
〈해리 포터와 죽음의 성물 2부〉

기숙사: 그리핀도르

직업: 호그와트 숲지기,
마법 생명체 돌보기 교수(3학년부터)

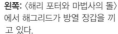

왼쪽: 〈해리 포터와 마법사의 돌〉에서 해그리드가 방열 장갑을 끼고 있다.
오른쪽: 자니 트밈은 〈해리 포터와 아즈카반의 죄수〉부터 해그리드의 옷에 더 많은 기능을 추가했다. 로랑 귄치 의상 스케치.
15쪽: 〈해리 포터와 마법사의 돌〉 홍보용 사진 속 콜트레인.

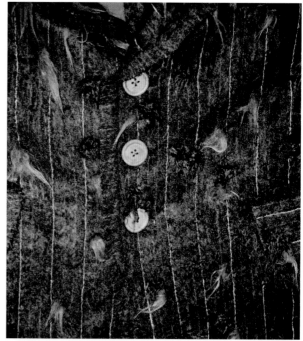

설명 위 그림부터 시계방향으로: 자니 트밈은 해그리드가 〈해리 포터와 아즈카반의 죄수〉에서 처음 입은, 털로 뒤덮인 정장을 디자인했다. 로랑 권치 스케치/의상 참고 사진/부분 확대 사진.

오른쪽 중간: 해그리드의 애니메트로닉 머리가 특수 제작소 안의 맨드레이크 화분 옆에 놓여 있다.

오른쪽 아래: 〈해리 포터와 아즈카반의 죄수〉에서 마법 생명체 돌보기 수업의 교수가 된 해그리드에게는 좀 더 실용적인 코트가 필요했다.

17쪽 위 오른쪽: 해그리드의 두더지 가죽 코트.

17쪽 아래 오른쪽: 우산 마법 지팡이를 들고 있는 해그리드의 초기 콘셉트 아트. 폴 캐틀링 작품.

17쪽 왼쪽: 〈해리 포터와 마법사의 돌〉에서 해그리드가 부는 피리의 비주얼 개발 스케치들.

> "해그리드,
> 아저씨가 없으면
> 호그와트도 없어요."
>
> 해리 포터,
> 〈해리 포터와 비밀의 방〉

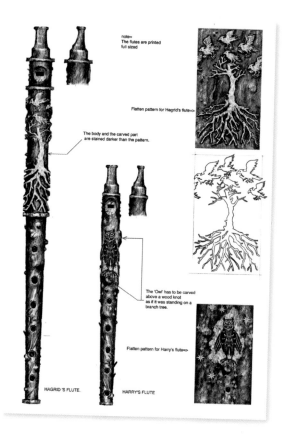

note=
The flutes are printed
full sized

Flatten pattern for Hagrid's flute=>

The body and the carved part
are stained darker than the pattern.

The 'Owl' has to be carved
above a wood knot
as if it was standing on a
branch tree.

Flatten pattern for Harry's flute=>

HAGRID'S FLUTE.

HARRY'S FLUTE

해그리드의 마법 지팡이

루비우스 해그리드의 마법 지팡이는 분홍 우산 속에 감추어져 있고,
그 사실은 그가 〈해리 포터와 마법사의 돌〉에서 불을 일으킬 때 드러
난다. 해그리드의 의상을 다른 크기로 2벌씩 만든 것처럼, 런던의 우
산 제작자는 그의 우산과 지팡이도 똑같이 2개 만들었다. 해그리드는
지팡이를 사용할 권리가 없기 때문에, 〈해리 포터와 혼혈 왕자〉에 나
오는 덤블도어의 추도식에서도 지팡이를 들지 않는다.

아거스 필치

처음에 자녀들이 《해리 포터》 책을 읽었을 때, 배우 데이비드 브래들리는 아이들에게 자신이 그 영화에 출연한다면 무슨 역을 맡는 게 좋겠느냐고 물었다. "아이들은 제가 필치 역으로 딱이라고 하더군요." 브래들리는 웃으며 말한다. "그래서 생각했죠. 아이들이 나를 그렇게 보고 있나? 못되고 지저분하고 냄새나고 사악한 이런 남자로? 아, 이런." 아이들의 바람대로 브래들리는 이 배역의 오디션 제의를 받았다. "소속사에서 전화로 알려왔어요. 제가 그 배역을 맡게 됐다고요. 아이들이 뛸 듯이 기뻐하더군요."

촬영 시작 전에 브래들리는 의상 팀과 분장 팀을 만났다. 그는 당시를 이렇게 묘사했다. "중세 소매치기와 미국 서부 영화 속 인물을 섞어놓은 것 같더군요. 늘어진 코트의 가죽은 기름에 절어 있고, 이곳저곳은 인조 가죽 조각들로 기워져 있었죠." 필치의 겉모습은 지저분한 붙임머리, 수염 그루터기, 보기 싫은 틀니로 완성되었다. 자니 트밈은 필치의 옷을 약간 수정해서, 기름기를 빼고, 조끼와 코트의 누더기 같은 느낌을 줄이고, 갈색과 회색을 주조로 하는 관리인 제복의 느낌을 더 넣었다. 시리즈가 이어지면서 필치는 점점 깨끗해져서, 〈해리 포터와 불의 잔〉의 크리스마스 무도회에서는 말끔한 검은 정장도 입고, 〈해리 포터와 죽음의 성물 2부〉의 전투 장면에서는 갑옷 같은 긴 누비 패딩 코트도 입는다.

시리즈 내내, 브래들리는 캐릭터와 하나가 되는 일이 어렵지 않다고 느꼈다. "일단 그 크고 더러운 무즈와 낡은 코브클 입고 틀니를 끼우면, 온전히 그 사람이 되어서 즐겁게 연기할 수 있었어요. 하지만 그를 좋아한다고 말할 수는 없겠네요. 캐릭터로는 좋아하지만 같이 커피를 마시고 싶지는 않으니까요."

영화 속 첫 등장:
〈해리 포터와 마법사의 돌〉

재등장:
〈해리 포터와 비밀의 방〉,
〈해리 포터와 아즈카반의 죄수〉,
〈해리 포터와 불의 잔〉,
〈해리 포터와 불사조 기사단〉,
〈해리 포터와 혼혈 왕자〉,
〈해리 포터와 죽음의 성물 2부〉

직업: 호그와트 건물 관리인

"예전의 처벌 방법들이 없어져서 정말 안타깝군."

아거스 필치,
〈해리 포터와 마법사의 돌〉

18쪽: 〈해리 포터와 불의 잔〉의 홍보용 사진. 필치가 정장을 입고 있다.
아래 왼쪽과 중간: 〈해리 포터와 아즈카반의 죄수〉에 사용된 의상 세트로, 의상 마모 작업이 잘 드러나 있다.
오른쪽 위: 〈해리 포터와 죽음의 성물 2부〉의 필치의 복장. 자니 트밈 디자인, 로랑 귄치 스케치.
오른쪽 아래: 〈해리 포터와 불사조 기사단〉의 룬문자를 새긴 호루라기.

폼프리 선생

영화 속 첫 등장:
〈해리 포터와 비밀의 방〉
재등장:
〈해리 포터와 혼혈 왕자〉,
〈해리 포터와 죽음의 성물 2부〉
직업: 양호교사

배우 제마 존스는 〈해리 포터와 비밀의 방〉에 처음 등장한 폼프리 선생을 "아주 쉽게 공감할 수 있는 캐릭터"라고 표현한다. "젊은 친구들로부터 책에서 읽은 바로 그 모습이라는 팬메일을 많이 받았어요." 호그와트 같은 교육 기관에 '양호교사'가 있는 것은 당연한 일이다. 의상 디자이너 주디애나 매커브스키는 폼프리 선생에게 눈에 띄는 의상을 마련해 주었다. 마법 세계의 옷에 전체적으로 디킨스 시대풍을 더하자, 폼프리는 1860년내에 엉국에 세워진 나이팅게일 간호학교의 교육생들과 비슷한 옷을 입게 되었다. 당시 풀 먹인 높은 옷깃, 뾰족한 모자, 긴 치마와 앞치마는 환자를 다룰 때 가장 효과적인 복장으로 여겨졌다. 폼프리 선생의 의상에는 간호사들의 표준 장비인 시계도 포함되어 있어서, 그녀는 모래시계 모양의 핀을 꽂는다.

〈해리 포터와 혼혈 왕자〉에서는 폼프리 선생의 의상이 수정되었다. 자니 트밈은 그동안 쓰인 색채(흰색과 1차 세계대전 당시 미국 간호사들이 유럽에 들여온 적십자 색깔인 붉은색)는 비슷하게 유지했지만, 좀 더 마법사 같은 느낌을 더해서 소매를 부풀리고 깃을 아래로 내려서 길쭉한 삼각형으로 만들었다. 트밈은 야외 장면을 찍을 때는 여기에 붉은색 망토를 두르게 했다.

폼프리 선생의 마법 지팡이

폼프리 선생의 지휘봉 같은 마법 지팡이는 짙은 색 나무를 잘라 만든 것으로, 손잡이는 뭉툭한 혹 모양이다. 배우 제마 존스(폼프리)는 〈해리 포터와 죽음의 성물 2부〉의 전투 장면이 재미었다고 말한다. "촬영할 때는 아무리 스턴트맨들이 땅에서 뒹굴고 공중을 날고 해도 대체로 얌전하거든요. 하지만 지팡이에서 불꽃이 일고 튀어 나가는 등의 특수효과를 결합하고 나니까 모두 엄청난 전사가 돼 있더라고요!"

위 왼쪽: 〈해리 포터와 비밀의 방〉에서 해리 포터가 양호교사에게 간호를 받고 있다.
오른쪽과 21쪽: 자니 트밈이 다시 디자인한 폼프리의 의상. 마우리시오 카네이로 스케치. 〈해리 포터와 죽음의 성물 2부〉의 한 장면.

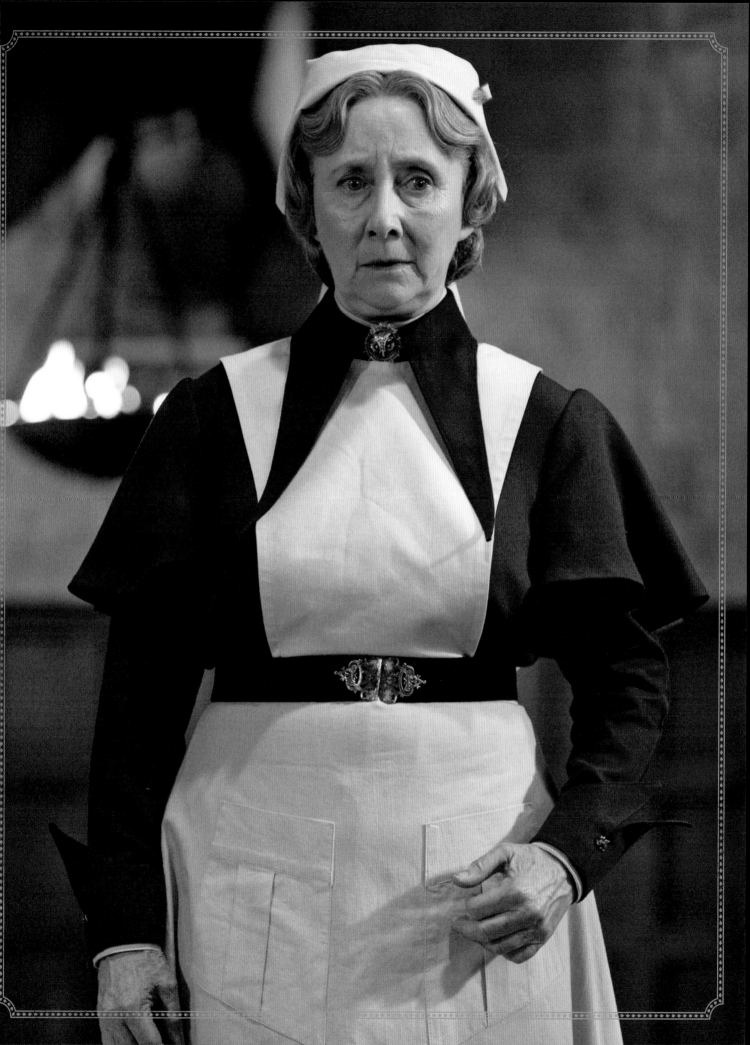

후치 선생

배우 조이 워너메이커가 연기한 롤랜다 후치 선생은 〈해리 포터와 마법사의 돌〉 단 한 편에 출연했지만 다양한 패션을 선보였다. 학생들에게 비행하는 법을 가르칠 때 후치 선생은 풀 먹인 흰 셔츠를 입고 호그와트 문양을 새긴 넥타이를 매고 그 위에 무거운 모직 드레스와 로브를 입는다. 여기에 두꺼운 가죽 장갑과 놋쇠 호루라기를 착용해 의상을 마무리한다. 주디애나 매커브스키는 말한다. "저는 후치 선생님이 일종의 스포츠 지도자라고 생각했어요. 우리와 대화할 때 롤링도 여기에 동의했고요." 조이 워너메이커는 책에 나온 대로 삐쭉삐쭉한 헤어스타일에, 콘택트렌즈를 착용해 매처럼 노란 눈을 만들었다.

퀴디치 경기를 할 때 후치 선생은 심판이 되어 선수들과 비슷한 로브, 바지, 보호대를 착용하고 하늘을 난다. 흰 셔츠, 넥타이, 호루라기는 여전하지만, 이때는 셔츠 위에 단추가 달린 조끼를 입는다. 꼬리 부분이 갈라지고 검은 바탕에 흰색 줄무늬가 있는 망토는 안감이 흰색이고 가슴에는 호그와트 문양이 새겨져 있으며 소매는 뒤로 묶는다. 후치는 노란 렌즈가 달린 스포츠 안경도 쓴다.

하지만 후치 선생이 가장 화려한 모습을 뽐내는 것은 연회장의 교수 식탁에 번쩍이는 보라색 로브를 입고 앉아 있을 때였다. 이때는 셔츠 깃을 세우고, 실크 넥타이를 매고, 로브에는 진보라색 벨벳 장식을 달았다. 가운 속 조끼와 드레스 소매 끝에는 불꽃 문양을 둘러서 가만히 서 있을 때도 움직이는 것 같은 느낌을 준다. 이 모든 것을 완성하는 것은 주름진 모자 꼭대기에 달린, 빗자루 솔 부분을 본뜬 자주색과 흰색의 장식이다.

왼쪽: 〈해리 포터와 마법사의 돌〉에서 비행 수업 선생이 훈련복을 입고 1학년 학생들을 가르치고 있다.
오른쪽: 불꽃무늬로 장식한 망토를 입은 조이 워너메이커의 홍보용 사진.
23쪽 위 2컷: 후치 선생의 심판복 참고 사진.
23쪽 왼쪽 아래: 퀴디치 경기 중 심판복을 입은 모습.
23쪽 원 안: 넥타이의 호그와트 문양을 확대한 사진.

영화 속 등장: 〈해리 포터와 마법사의 돌〉

직업: 비행 수업 교사, 퀴디치 심판

"첫 번째 비행 수업이다.
멀뚱멀뚱 서 있지 말고
빗자루 왼쪽에 서도록!"

후치 선생, 〈해리 포터와 마법사의 돌〉

맥고나걸
교수

미네르바 맥고나걸 교수 역을 맡은 매기 스미스는 말한다. "솔직히, 우리에게 멋진 마법사 옷을 입고 돌아다닐 기회가 얼마나 있겠어요?" 주디애나 매커브스키는 매기 스미스가 캐릭터에 대해 많은 아이디어와 의견을 주었다며 고마워했다. "맥고나걸 은 성부터 스코틀랜드식이에요. 스스로를 스코틀랜드인으로 생각하고요. 당연히 옷 도 스코틀랜드의 색인 녹색으로 입죠."

맥고나걸은 《해리 포터와 마법사의 돌》에서 녹색 옷을 입은 것으로 묘사되지만, 매커브스키는 어떤 색조가 좋을지 쉽게 정하지 못했다. 결국 맥고나걸 교수의 옷은 원래 계획했던 것보다 훨씬 화려하게 만들어졌다. 매커브스키의 첫 번째 디자인은 어두운 녹색이었지만, 매기 스미스는 좀 더 밝은 색이 좋겠다고 했다. "매기는 스코 틀랜드 스타일의 사냥 모자에 바탕한 마법사 모자를 제안했어요. 그걸 쓰고 야외에 서 퀴디치 경기를 관람했죠. 맥고나걸 교수가 실내에서 쓴 마법사 모자도 스코틀랜 드식 방울 베레모에 바탕한 거였어요. 우리는 맥고나걸 교수의 모든 복장에 스코틀 랜드식 화려함을 담고자 했죠." 〈해리 포터와 마법사의 돌〉에서 매커브스키는 맥고 나걸 교수에게 깃이 높은 검은 드레스 위에 켈트 문양으로 장식한 진녹색 벨벳 가운 을 입혔고, 실내복과 수면 모자에도 스코틀랜드식 체크무늬를 넣었다.

"왜 문제가 생길 때마다
항상 네가 있는 거지?"

맥고나걸 교수,
〈해리 포터와 혼혈 왕자〉

맥고나걸 교수의 옷에는 표면을 가공한 천과 크고 작은 주름 장식이 많다. 그리고 단추, 후크, 심지어 장신구까지 전통적인 켈트족 이미지로 장식했다. 자니 트밈은 맥고나걸의 망토 여러 벌의 소매를 팔꿈치까지는 꼭 끼지만 그 아래로는 길게 늘어지도록 만들었다. 트밈은 이렇게 말한다. "제가 주는 것들을 배우가 정말 잘 활용했어요. 가운도 소매도 잘 이용해서 옷에 극적인 느낌을 살려냈죠." 트밈은 색깔을 더 짙고 광택 있는 녹색으로 바꾸고, 망토의 어깨와 옷깃을 뾰족하게 세워서 '마법사다운' 요소들을 강조했다.

24쪽 오른쪽: 〈해리 포터와 마법사의 돌〉을 위한 예비 의상. 주디애나 매커브스키 디자인, 로랑 귄치 스케치.
24쪽 왼쪽: 〈해리 포터와 마법사의 돌〉에서 매기 스미스가 교수다운 자세를 취하고 있다.
위 왼쪽: 〈해리 포터와 마법사의 돌〉에서 맥고나걸은 목욕 가운과 수면 모자에조차 스코틀랜드 스타일을 담았다.
위 가운데: 자니 트밈은 〈해리 포터와 혼혈 왕자〉를 위해 어두운 색상에 실루엣이 뾰족한 옷을 디자인했다. 마우리시오 카네이로 스케치.
위 오른쪽: 초기에 주디애나 매커브스키는 다른 색상 계열을 제안했다. 로랑 귄치 스케치.
아래: 맥고나걸 교수의 부츠 확대 사진.

영화 속 첫 등장:
〈해리 포터와 마법사의 돌〉

재등장:
〈해리 포터와 비밀의 방〉,
〈해리 포터와 아즈카반의 죄수〉,
〈해리 포터와 불의 잔〉,
〈해리 포터와 불사조 기사단〉,
〈해리 포터와 혼혈 왕자〉,
〈해리 포터와 죽음의 성물 2부〉

기숙사: 그리핀도르

직업: 변환 마법 교수, 그리핀도르 기숙사 담임

특별한 기술: 애니마구스

맥고나걸의 마법 지팡이

소품 모델링 작업자 피에르 보해나는 미네르바 맥고나걸의 지팡이가 "단순 명료"하다고 말한다. 매끈한 검은색에 끝이 구부러진 지팡이 몸체에는 빅토리아 시대 가구 다리를 변형해 놓은 듯한 손잡이가 달렸고, 손잡이 끝에는 작은 마노석이 붙어 있다. 매기 스미스는 〈해리 포터와 죽음의 성물 2부〉에서 앨런 릭먼(세베루스 스네이프)과의 지팡이 전투를 좀 더 실감나게 하려고 지팡이를 펜싱 검처럼 휘두르는 연습을 했지만, 곧 다음과 같은 사실을 깨달았다. "지팡이는 마법 도구라서, 지팡이가 있으면 먼 곳에서도 공격할 수 있죠."

위: 〈해리 포터와 마법사의 돌〉에서 맥고나걸 교수는 헤르미온느 그레인저의 머리에 기숙사 배정 모자를 씌운다.
오른쪽: 〈해리 포터와 비밀의 방〉에서 켈트족의 장신구들은 맥고나걸의 목선을 빛내곤 했다.

기숙사 배정 모자

〈해리 포터와 마법사의 돌〉에서 맥고나걸 교수는 호그와트 기숙사 배정식을 진행하고, 해리 포터는 그리핀도르 기숙사에 배정된다. 배정식 동안, 1학년 학생 각자의 머리에 마법의 모자가 한 번씩 자리하고 나면, 학생들은 4개의 기숙사 중 하나에 배정된다. 모자는 사람도 동물도 아니지만, 개성과 위엄을 보인다.

〈해리 포터와 마법사의 돌〉에서 제작진이 가장 먼저 시도한 방법은 꼭두각시 인형을 기숙사 배정 모자로 쓰는 것이었다. 하지만 주디애나 매커브스키는 당시를 이렇게 묘사했다. "그건 모자 같지 않았어요. 그냥 꼭두각시 인형 같았죠." 크리스 콜럼버스 감독이 매커브스키에게 천으로 모자를 만들어 달라고 했을 때, 매커브스키는 이렇게 대답했다. "나는 모자를 만들 수는 있지만, 말하게 만들 수는 없어요." 모자가 세트장으로 들어왔을 때 제작진은 만족했지만, 제2제작진(스턴트나 액션 장면, 특수효과가 필요한 장면을 따로 촬영하는 팀—옮긴이) 감독인 로버트 레가토는 혼란스러웠다. 누가, 어떻게 말을 하도록 만들어야 할까? "그때 크리스가 로버트를 보며 말했죠. '주디애나가 모자를 만들었으니, 이 모자가 말하도록 만드는 건 이제 로비트 당신 몫이에요.'" 모자의 목소리는 배우 레슬리 필립스가 맡았다. 어린 시절 런던 동부 사투리를 버리려고 웅변 수업을 받았던 것이 그가 독특한 목소리를 내는 데 도움이 되었다.

매커브스키가 만든 모자는 배정식 때 실제로 쓰이지는 않았다. 대신 배우들은 모션캡처 기술과 비슷하게 작동하는 장치를 머리에 썼고, 말하는 모자는 디지털로 작업했다. 전체를 스웨이드 가죽으로 만들고 말총 직물 안감을 넣은 실물 크기의 기숙사 배정 모자는 〈해리 포터와 비밀의 방〉에서 덤블도어의 방 장면과 〈해리 포터와 죽음의 성물 2부〉에서 호그와트의 마지막 전투 장면에 쓰였다. 시리즈가 계속되는 동안 원뿔형 모자는 7개가 만들어졌다. 의상 제작자 스티브 킬은 직물을 뜨거운 물에 10분 동안 담가서 부드럽게 만든 다음 "납작하게 뭉갰"다. 이런 상태로 히터 위에 밤새 두고, 다음 날 모자 안에 철선을 넣어서 형태를 만들었다. 그런 다음 염색하고, "마모시키고", 연하게 켈트 문양을 찍었다. 그래서 각각의 모자는 주름이 모두 달랐지만, 킬의 말처럼 "모자들을 나란히 놓고 비교할 일은 없었"다.

스프라우트 교수

배우 미리엄 마골리스는 말한다. "면접을 보러 갔다가 배역을 따냈다는 소식에 하늘을 날아다니는 듯한 기분이 들었던 게 기억나요."

약초학 교수 포모나 스프라우트는 〈해리 포터와 비밀의 방〉에 등장하며 과목만큼이나 자연 친화적인 옷을 입는다. 옷 색깔은 흙색 계통이고, 나뭇잎들로 로브에 포인트를 주었다. 덕분에 어깨를 덮은 옷깃과 소맷부리에서 풀이 자라날 것만 같다. 스프라우트 교수가 온실에서 쓰는 모자는 삼베 같은 천으로 만들었고, 꼭대기에 이파리가 달렸다. 직업상 맨드레이크나 독손가락 같은 식물을 다루기 때문에, 스프라우트 교수는 삼끈을 댄 두꺼운 장갑을 끼고 큼직한 귀마개를 한다. 스프라우트는 〈해리 포터와 죽음의 성물 2부〉에서 복장이 더욱 실용적으로 변해서, 18세기 말 스목 코트 같은 로브 안에 두꺼운 파란색 상하복과 체크 셔츠를 입는다. 주름이 잡힌 스목 코트는 보온 효과와 신축성이 좋아서 주로 농부들 작업복으로 쓰였다.

영화 속 첫 등장:
〈해리 포터와 비밀의 방〉

재등장:
〈해리 포터와 죽음의 성물 2부〉

기숙사: 후플푸프

직업: 약초학 교수,
후플푸프 기숙사 담임

스프라우드의 마법 지팡이

포모나 스프라우트의 지팡이는 우둘투둘한 나뭇가지처럼 표면이 거칠다. 소품 모형 제작자들은 나무의 단단함 정도를 따지기보다는 재미있는 모양이나 질감의 나무를 찾기 위해 노력했고, 지팡이를 마법사들의 패션으로 활용했다.

28쪽 위: 〈해리 포터와 비밀의 방〉의 약초학 온실 수업 장면. 앤드루 윌리엄슨 콘셉트 아트.
28쪽 아래: 〈해리 포터와 비밀의 방〉에서 자연 친화적인 옷을 입은 스프라우트 교수가 맨드레이크들 틈에 서 있다.
오른쪽: 자니 트밈이 새로 디자인한 스프라우트의 로브. 마우리시오 카네이로 의상 스케치.
왼쪽: 〈해리 포터와 죽음의 성물 2부〉에 등장한 스프라우트 교수는 좀 더 차려입은 듯이 보인다.

플리트윅 교수

워릭 데이비스는 〈해리 포터와 마법사의 돌〉과 〈해리 포터와 비밀의 방〉에서 작은 키에, 흰 수염이 나고, 대머리에, 화려한 가운을 입은 일반 마법 교수 필리우스 플리트윅을 연기했다. 그다음에 데이비스는 〈해리 포터와 아즈카반의 죄수〉에 등장한 플리트윅 교수를 콧수염이 나고 검은 머리에 턱시도 양복을 입고, 전보다 젊은 모습으로 묘사했다. 데이비스는 말한다. "〈비밀의 방〉과 〈아즈카반의 죄수〉 사이의 변화를 두고 팬들에게 가장 많은 질문을 받았어요." 이 문제는 플리트윅 교수가 〈해리 포터와 아즈카반의 죄수〉의 대본에서 사라진 작은 실수에서 비롯되었다. 제작자 데이비드 헤이먼은 데이비스를 불러서 사과하고, 다른 역할(개구리 합창단 지휘자)을 제안했다. 데이비스와 알폰소 쿠아론 감독, 특수분장효과 디자이너 닉 더드먼은 데이비스에게 정장을 입히고 오페라 지휘자처럼 보이게 했다. 마이크 뉴얼 감독은 데이비스가 〈해리 포터와 불의 잔〉에서 다시 플리트윅 교수로 돌아간 다음에도 그에게 이전 모습이 남아 있기를 원했다. 그래서 플리트윅 교수는 마법 과목뿐 아니라 데이비스가 "마법 음악 교수"라고 부르는 역할도 맡게 되었다.

본래 플리트윅 교수의 분장에는 네 시간이 걸렸지만 새로운 버전은 두 시간 반이 걸렸다. 데이비스는 웃으며 말한다. "촬영장에 있는 많은 사람들이 제 진짜 모습을 몰랐을 거예요. 전 다른 사람들보다 몇 시간 먼저 오고, 분장을 다 지운 다음 늦게야 퇴근했으니까요." 젊어진 플리트윅 분장에는 보형물 이마와 뒤통수, 머리카락도 있었다. 데이비스는 가짜 귀, 가짜 코, 틀니도 착용했다. 그가 농담한다. "저는 그 틀니가 좋았어요. 아예 하나 갖고 싶었죠. 그걸로 치약 광고를 할 수 있도록요."

배역이 젊어지자 데이비스는 〈해리 포터와 불의 잔〉에 적용할 한 가지 아이디어를 냈다. "크리스마스 무도회 마지막에, 플리트윅 교수가 록 밴드를 소개하잖아요. 그래서 어느 금요일 밤에 감독에게 아무 생각 없이 '플리트윅이 록 밴드를 소개한 뒤 무대에서 뛰어내려 관객들 위로 떠가게 하면 재미있지 않을까요?' 하고 말했어요. 우리는 함께 웃었고, 저는 집으로 갔죠." 그런데 월요일에 스턴트 팀의 그레그 파월이 데이비스를 찾아왔다. 뉴얼과 파월이 주말에 클럽에 갔는데, 데이비스가 말했던 것을 보았고, 그래서 실제로 영화에 넣기로 했다는 것이었다. "저는 '뭐라고요?'라고 되물었죠. 하지만 차마 그게 농담이었다고는 말하지 못했어요." 그래서 결국 플리트윅이 학생들 머리 위로 지나가는 장면이 촬영되었다. "잘 보면 어느 순간 제 틀니가 입 밖으로 튀어 나갔다가 도로 들어가는 모습을 볼 수 있을 거예요!"

영화 속 첫 등장:
〈해리 포터와 마법사의 돌〉

재등장:
〈해리 포터와 비밀의 방〉,
〈해리 포터와 아즈카반의 죄수〉,
〈해리 포터와 불의 잔〉,
〈해리 포터와 불사조 기사단〉,
〈해리 포터와 혼혈 왕자〉,
〈해리 포터와 죽음의 성물 2부〉

기숙사: 래번클로

직업: 일반 마법 교수, 래번클로 기숙사 담임,
개구리 합창단 지휘자

플리트윅의 마법 지팡이

끝이 가늘어지는 플리트윅 교수의 지팡이는 손잡이에서 몸통 끝까지 매끈하게 이어져 있다. 그 모양은 살깃에 붙인 '깃털' 4개가 검은 촉 앞에서 합해진 멋진 유선형 화살과 비슷하다. 〈해리 포터와 아즈카반의 죄수〉에서 개구리 합창단의 지휘자로 등장한 플리트윅은 지휘봉을 마법 지팡이처럼 휘두른다. 〈해리 포터와 불의 잔〉에서는 방의 고드름 장식과 어울리도록 지휘봉을 투명한 송진으로 만들었다.

"다들 깃털 가지고 있죠?"

플리트윅 교수,
〈해리 포터와 마법사의 돌〉

30쪽: 원래 플리트윅의 망토는 이국적인 직물들로 만들었다. 〈해리 포터와 비밀의 방〉의 세트장 콘티 사진과 의상 참고 사진들.
오른쪽: 워릭 데이비스가 〈해리 포터와 불의 잔〉에서 플리트윅으로 꾸민 모습.
왼쪽 위와 아래: 〈해리 포터와 아즈카반의 죄수〉에서 합창단 지휘자복을 입은 모습. 자니 트밈 디자인, 마우리시오 카네이로 스케치.

트릴로니 교수

점술 교수 시빌 트릴로니를 한 문장으로 요약해 달라고 하자, 이 캐릭터를 연기한 에마 톰슨은 간단하게 말했다. "제정신이 아니죠." 자니 트밈도 같은 생각이었다. "하지만 트릴로니 교수가 제정신이 아닌 데는 이유가 있어요. 트릴로니는 인생과 직업을 잘 헤쳐 나가지 못하는 사람이에요. 우리는 여러 가지 황당한 시도를 많이 했는데, 배우가 그런 것들을 소화해 줄 감각이 있었기 때문에 가능한 일이었죠." 에마 톰슨은 트릴로니가 오랫동안 거울을 보지 않았고, 나아가서 "그 무엇도 볼 수 없는 사람"이라고 느꼈다. "그렇게 자신을 보지 않고 또 볼 수 없다면 허술한 모습이 되어야 한다고 생각했어요. 단추도 떨어지고 옷도 해지는 식으로요." 톰슨은 트릴로니의 겉모습에 대한 생각을 그림으로 그려서 알폰소 쿠아론 감독에게 보냈고, 감독은 그것을 트밈에게 보냈다. 트밈은 톰슨의 그림이 "탁월하다"고 생각했다. 트릴로니는 곳곳에 스며들어 있는 시각적인 것들(자신을 보는 것이건 미래를 보는 것이건)에 크게 영향을 받는 인물이므로, 트밈은 트릴로니의 옷을 '시샤'라고 하는 인도 자수로 장식했다. 시샤 자수는 거울이나 또 다른 반짝이는 물질에 사용한다. 이것들이 원형 또는 타원형을 띠기 때문에 트릴로니의 옷은 마치 눈에 가득 둘러싸인 것처럼 보인다.

　에마 톰슨은 헤어 및 분장 팀과 협력해서 트릴로니의 어수선한 머리 모양을 만들었다. "제가 생각한 트릴로니의 머리는 폭탄을 맞은 것처럼 부스스하고 오랫동안 빗질을 하지

영화 속 첫 등장:
〈해리 포터와 아즈카반의 죄수〉
재등장:
〈해리 포터와 불사조 기사단〉,
〈해리 포터와 죽음의 성물 2부〉
기숙사: 래번클로
직업: 점술 교수
특별한 기술: 예언

아래: 자니 트밈의 처음 디자인은 터번을 두르고 옷을 층층이 겹쳐 입는 방식이었다.

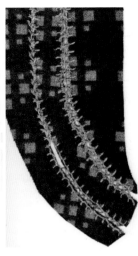

않은 모습이었어요. 어쩌면 다람쥐도 한때 그 안에 둥지를 틀었을지 몰라요. 안에 들어가 보지 않으면 거기 뭐가 있는지 알 수 없죠." 톰슨이 농담했다. 크고 둥글고 두꺼운 안경이 마지막 효과를 더했다. 톰슨은 말한다. "그냥 딱 봐도 트릴로니는 눈이 커야 했어요. 안경은 눈을 커 보이게도 하지만, 시야를 가리기도 하죠. 그래서 트릴로니는 교실에 들어가면서 '보는 일'을 이야기하다가 교탁에 부딪히는 거예요. 그 장면은 책에서 가장 오래되고 썰렁한 개그 중 하나죠. 저는 그걸 제대로 표현해야 했어요."

트릴로니의 마법 지팡이

다른 재료 없이 나무 한 토막으로 만든 시빌 트릴로니의 지팡이는 납작한 손잡이에, 몸통을 따라 나선형 무늬가 둘러져 있다. 손잡이의 여러 천문 기호는 세레스, 헤베, 멜포메네 같은 소행성들을 가리킨다.

"나를 위해 뭔가 예언해 줄 수 있나요?"
델로리스 엄브리지,
〈해리 포터와 불사조 기사단〉

위: 시샤 자수를 확대한 모습. 거울 같은 조각들이 트릴로니의 로브와 숄에 색다른 질감을 더한다.
아래: 〈해리 포터와 죽음의 성물 2부〉와 〈해리 포터와 불사조 기사단〉의 의상 개발 작업. 마우리시오 카네이로 스케치.
오른쪽: 〈해리 포터와 불사조 기사단〉의 홍보용 사진.

스네이프 교수

세베루스 스네이프 교수 역할을 맡은 배우 앨런 릭먼과 주디애나 매커브스키가 의상에 대해 논의할 때, 릭먼은 두 가지(소매는 좁을 것, 단추는 많을 것)를 확고하게 요구했다. 릭먼은 이렇게 말한다. "저는 이 캐릭터의 심리적인 면과 실제적인 면을 꼼꼼하게 반영하고 싶었습니다. 머리 모양, 가운 길이, 분장 모든 면에서요." 릭먼은 그런 의상은 스네이프 교수의 외골수적 인생의 중요한 부분이라고 말한다. "그는 외로운 인생을 살았지만, 구체적으로 어떻게 살았는지는 알 수 없죠. 분명한 건, 그가 사교 생활을 즐기지 않고, 옷도 한 벌뿐이라는 점이에요." 릭먼은 웃으며 말을 이었다. "그 옷은 완벽하게 혼자 사는 사람을 이해하는 데 도움이 됐어요. 시리즈 내내 다른 캐릭터들의 옷에는 여러 가지 변화가 생기지만, 제 옷은 여덟 편 내내 똑같습니다. 입을 옷이 한 벌뿐이라는 생각이 연기에 도움이 됐어요."

주디애나 매커브스키는 덤블도어에게는 중세의 분위기를, 스네이프에게는 디킨스 시대풍을 부여하기로 결정했다. 그의 무거운 가운은 전통적으로 교복이나 대학 가운에 쓰는 직물로 만들어서, 광택이 날 때까지 다렸다. 이 천은 실제로는 감청색이지만 영화에서는 검게 보인다. 높은 셔츠 깃, 긴 소매, 심지어 부츠를 덮은 바지에도 단추가 총총 달려 있다. 스네이프의 망토에는 한 가지 독특한 요소가 있다. 매커브스키가 말한다. "우리는 그의 밑도 자락을 길게 만들어서 가운데를 갈라지게 했어요. 그래서 그게 걸어갈 때 망토가 갈라진 뱀의 혀처럼 보이죠. 어떻게 보면 그는 문자 그대로 '뱀처럼' 움직이는 거였어요."

자니 트밈은 스네이프의 복장이 "승자"라고 말한다. "그는 절대로 흥분하지 않는

영화 속 첫 등장:
〈해리 포터와 마법사의 돌〉

재등장:
〈해리 포터와 비밀의 방〉,
〈해리 포터와 아즈카반의 죄수〉,
〈해리 포터와 불의 잔〉,
〈해리 포터와 불사조 기사단〉,
〈해리 포터와 혼혈 왕자〉,
〈해리 포터와 죽음의 성물 1부〉,
〈해리 포터와 죽음의 성물 2부〉

기숙사: 슬리데린

직업: 마법약 교수,
어둠의 마법 방어법 교수(6학년),
슬리데린 기숙사 남임, 호그와트 교상(7학년)

소속: 죽음을 먹는 자, 불사조 기사단

패트로누스: 암사슴

"언제나."

세베루스 스네이프,
〈해리 포터와 죽음의 성물 2부〉

34쪽: 〈해리 포터와 마법사의 돌〉의 홍보용 사진.
왼쪽: 〈해리 포터와 마법사의 돌〉에 나오는 스네이프의 첫 번째 마법약 수업.
오른쪽: 〈해리 포터와 불사조 기사단〉에서 자기 연구실에 있는 스네이프 교수.

사람이에요. 그래서 극도로 엄격하고 정밀한 옷을 입어야 했죠." 릭먼도 동의한다. "그는 감정적으로도 현실적으로도 아주 제한된 영역에서 살죠." 하지만 그는 스네이 프의 옷에 실용적인 측면도 있었다고 말한다. "리브스덴 스튜디오가 세계 최고의 난 방 시스템을 갖춘 곳은 아니거든요. 그래서 남들보다 따뜻한 옷을 입고 있는 게 저한 테는 행운이었죠."

앨런 릭먼은 스네이프 역의 분장과 의상을 완벽히 갖춘 상태로 촬영장에 도착할 때가 많았다. "어린 친구들이 스네이프 모습을 한 저를 어려워한다는 건 잘 알고 있었 어요. 그 안에 전혀 다른 사람이 들어 있다는 걸 아이들이 깨닫기까지 시간이 꽤 걸렸 죠." 루퍼트 그린트는 릭먼이 촬영 사이사이에도 여전히 스네이프 역할에 몰입해 있 었다고 기억한다. 루퍼트가 말한다. "그분이 못됐게 굴었거나 뭐 그러지도 않는데 괜히 무섭더라고요." 스네이프는 결말 부분에서 이유가 밝혀지기 전까지 해리를 무척 괴롭히는 인물이었다. 함께 촬영을 시작했을 때 대니얼 래드클리프는 이런 생각까지 했다고 고백한다. "저 자신에게 끊임없이 상기시켜야 했어요. '이건 그냥 영화야, 영 화일 뿐이야, 영화일 뿐이라고…… 진짜가 아니야.' 하지만 정말 무서웠어요. 앨런 릭 먼은 세베루스 스네이프 그 자체였어요. 저는 그냥 겁먹었죠."

스네이프의 마법 지팡이

세베루스 스네이프의 가느다란 마법 지팡이는 칠흑 같은 검은색이고, 손잡이 양면에 독특하고 복잡한 문양이 똑같이 새겨졌다. 촬영에 사용한 지팡이는 대부분 송진이나 우레탄 고무로 만든 것이었고, 나무 지팡이는 클로즈업할 때만 사용했다. 앨런 릭먼은 클로즈업 촬영에 사용한 본래의 나무 지팡이를 기념품으로 가져가는 흔치 않은 행운을 누렸다.

36쪽 왼쪽 위: 〈해리 포터와 혼혈 왕자〉에서 스네이프 교수와 맥고나걸 교수가 저주받은 목걸이를 살펴보고 있다. **36쪽 왼쪽 아래:** 스네이프의 단추 달린 바짓단. **36쪽 오른쪽:** 에드워드 7세 시대(1901~1910)의 분위기를 담은 스네이프의 옷은 영화 전 시리즈 내내 변하지 않았다. **위 왼쪽과 오른쪽:** 〈해리 포터와 아즈카반의 죄수〉에서 네빌 롱보텀 할머니의 옷을 입은 보가트 버전의 스네이프 의상 스케치(자니 트밈 디자인, 로랑 귄치 스케치)와 실제로 영화에 나온 모습. **아래:** 주디애나 매커브스키가 〈해리 포터와 마법사의 돌〉을 위해 디자인한 스네이프 로브의 '갈라진 꼬리'.

퀴럴 교수

의상 디자이너 주디애나 매커브스키는 〈해리 포터와 마법사의 돌〉의 정장과 넥타이와 학교 로브를 기본으로 삼은 호그와트 교수진의 의상이 전통적인 영국 학교 복장을 연상시켰으면 했다. 어둠의 마법 방어법 교수 퀴럴의 복장에는 여기에 터번을 더했다. 이언 하트가 연기한 퀴럴은 볼드모트 경의 영혼에 신체 일부를 빌려준 사실을 감추기 위해 터번을 두르기 때문이다. 매커브스키는 말한다. "책에는 터번이 아주 구체적으로 묘사되어 있어요. 하지만 저는 터번이 너무 튀어 보이지는 않을까 걱정했죠." 매커브스키는 뒤통수에 딱 달라붙고 위쪽이 비교적 뾰족한 중동식 또는 인도식 터번 스타일에서 벗어나, 르네상스 시대풍 디자인을 선택했다. 그것은 큼직하고 헐렁해서, 퀴럴이 그 안에 뭔가를 감추고 있다는 사실이 역력하게 드러나지는 않았다. 퀴럴은 눈에 띄는 것을 피하는 캐릭터였기 때문에, 매커브스키는 그의 옷을 디자인할 때 검은색과 갈색을 사용함으로써 숫기 없는 성격과 가난한 처지를 암시해 주었다.

이언 하트는 〈해리 포터와 마법사의 돌〉의 제작자와 캐스팅 감독을 만나기 전에 캐릭터를 연구하려고 하다가 충격받은 일을 털어놓았다. "그전까지는 이 책을 보지 못했어요. 그래서 동네 서점에 갔죠. 그런데 주인이 《해리 포터》의 두 번째 책인 《해리 포터와 비밀의 방》을 준 거예요." 물론, 퀴럴 교수는 1권에서 이미 죽고 없다. "저는 책을 읽으면서 생각했죠. '내가 맡은 배역은 어디 있는 거지? 큰 배역이 아닐 순 있지만, 이건 아예 보이지를 않잖아!'"

영화 속 등장:
〈해리 포터와 마법사의 돌〉
기숙사: 래번클로
직업:
어둠의 마법 방어법 교수 (1학년)

PROFESSOR QUIRREL

WIZARD GOWN
LINING TO WIZARD GOWN
CAPE
TIE
JACKET
MRS. E. IN COAT
TURBAN
FABRIC SWATCHES
02/02/2001

"누가 부, 부, 불쌍한 마, 마, 말더듬이 퀴, 퀴럴 교수를 의심하겠니?"
퀴럴 교수, 〈해리 포터와 마법사의 돌〉

왼쪽: 〈해리 포터와 마법사의 돌〉에 나오는 퀴럴의 무늬 없는 코트 확대 사진.
가운데: 의상 참고용 천 견본들.
오른쪽: 퀴럴이 쓰고 있는 르네상스 시대풍 터번은 어두운 비밀을 감추고 있다.
39쪽 위 왼쪽: 의상 제작소의 터번.
39쪽 위 오른쪽: 퀴럴의 뒤통수에 있는 볼드모트의 얼굴 디지털 작업.
39쪽 아래: 뱀 같은 얼굴의 볼드모트 경. 비주얼 아티스트 폴 캐틀링 초기 작업.

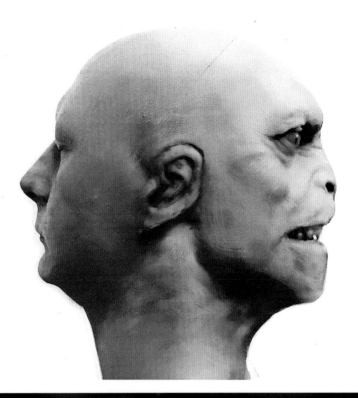

록하트 교수

데이비드 헤이먼은 배우 케네스 브래나가 길더로이 록하트 역의 오디션을 보러 왔을 때를 이렇게 회상한다. "완벽했습니다. 케네스는 뛰어난 배우예요. 그러면서도, 나르시시스트이자 어릿광대 역할을 하는 걸 불편해하지 않았어요. 연기는 과장됐지만 진정 진실을 담고 있었습니다."

대니얼 래드클리프(해리 포터)도 의견을 내놓는다. "록하트는 자기 사진을 수천 장이나 갖고 있는 자만심 강한 사람이고, 잘난 척하기 좋아하는 사기꾼이기도 해요. 여자애들은 록하트를 좋아하고, 남자애들은 뭔가 잘못됐다는 걸 알기 때문에 록하트를 싫어하죠. 보고 있기 민망한 사람이에요. 반면 케네스 브래나는 세상에서 가장 친절한 사람이자 재밌는 사람이에요."

록하트가 외모에 바치는 관심은 당연히 그의 옷에 반영되었다. 〈해리 포터와 비밀의 방〉의 차석 의상 디자이너 마이클 오코너는 말한다. "그를 위해 1920년대부터 1950년대까지 옛날 영화배우들과 스타들을 살펴봤어요." 〈비밀의 방〉의 의상 디자이너 린디 헤밍이 덧붙여 말한다. "책을 읽은 사람들은 록하트가 허영에 가득 차 있다는 걸 알아요. 그는 자신을 눈부신 이미지로 포장하죠. 사람들에게 강하고 화려한 인상을 남기고 싶어서, 화려한 가운을 입고 주변을 휩쓸고 다녀요." 하지만 "록하트는 연보라색과 분홍색, 하늘색 계열의 옷을 입는다고 알려졌는데, 이런 파스텔 색조는 〈해리 포터〉 영화 시리즈와 어울리지 않았어요"라고 린디 헤밍은 덧붙인다. 제작진은 여러 차례의 스크린 테스트를 거쳐 영화의 전체적인 색조와 어울리면서도 록하트를 다른 캐릭터들보다 두드러지게 만드는 청회색, 금갈색, 적갈색을 찾았다. 케네스 브래나는 말한다. "우리는 록하트의 의상과 외모를 만들어 가면서 무척 재미있는 시간을 보냈습니다. 록하트는 공작처럼 뽐내며 걸어 다닙니다. 허영심이 강하고 자기애에 취해 있으며 자신이 대단히 중요한 인물이라고 생각해요." 록하트는 금실로 자수된 벨벳, 양단, 브로케이드, 무아레 등 화려한 느낌의 직물 옷을 입고, 여기에 다양한 망토와 크라바트를 조합했다. 브래나의 분장에는 반짝이는 의치와 가발이 포함되었는데, 이 가발은 가발처럼 보여야 했다. 록하트가 호그와트에서 달아날 때 가발을 챙겨 가기 때문이다. 그는 자신이 쓴 베스트셀러 책들의 표지와 교실에 장식한 액자 속 사진들을 위한 이국적 복장도 다양하게 입었다.

영화 속 첫 등장:
〈해리 포터와 비밀의 방〉

기숙사: 래번클로

직업:
어둠의 마법 방어법 교수(2학년)

소속: 3급 멀린 훈장,
어둠의 힘 방어 연맹 명예 회원

왼쪽: 〈해리 포터와 비밀의 방〉에 등장하는, 길더로이 록하트의 엉터리 자서전들. 미라포나 미나와 에두아르도 리마 디자인.
오른쪽: 교실에 서 있는 록하트 교수.
41쪽 맨 위 왼쪽과 가운데: 의상 참고 사진들.
41쪽 왼쪽 아래: 록하트가 해리 포터의 팔에 '브라키엄 아멘도' 주문을 걸고 있다.
41쪽 오른쪽 위: 록하트의 크라바트 매는 법을 설명한 콘티 종이.
41쪽 오른쪽 아래: 록하트의 결투복.

HARRY POTTER
The Chamber Of Secrets

COSTUME CONTINUITY REPORT

CHARACTER:	ACTOR:
GILDEROY LOCKHART	KENNETH BRANAGH

COSTUME NUMBER: 2

SCENES: 42 A + B	STORY DAY: 7

LOCATION:
INT: LOCKHARTS CLASSROOM

DESCRIPTION:
ROBE : GOLD SLEEVELESS WITH FLORAL FACINGS, TURNED BACK WHILST SEATED
COAT : 3/4 FROCK COAT . NO BUTTONS
WAISTCOAT : GOLD FLORAL PATTERN SILK BROCADE , ALL BUTTONS FASTENED REVERS TURNED BACK (NOT FLAT) OUTSIDE OF COAT AND ROBE
TROUSERS : MUSTARD CROSS WEAVE WORN WITH BRACES

SHIRT : IVORY , FIXED CHARGE COLLAR , TWO TOP BUTTONS FASTENED CUFFS WITH GOLD MONOGRAMMED LINKS AS BELOW
CRAVAT : IVORY SILK BROCADE WITH LARGE BOW AS BELOW

BOOTS : LIGHT BROWN ELASTIC SIDED , RUBBERISED SOLE

NOTES:

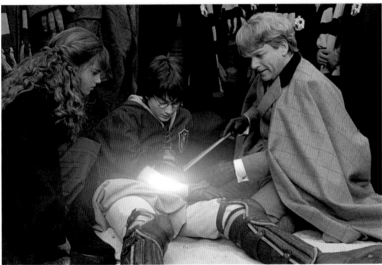

록하트의 마법 지팡이

길더로이 록하트의 지팡이는 1편과 2편에 나오는 대부분의 지팡이처럼 단순한 모양이지만 끝부분에 백합 무늬가 있다. 많은 지팡이들과 반대로, 몸체 부분의 색이 연하고 손잡이는 검은색이다. 케네스 브래나(록하트)는 〈해리 포터와 비밀의 방〉에서 세베루스 스네이프와 결투할 때 지팡이를 어떻게 휘두를지 많은 연구를 했다. "앨런 릭먼과 마주 서 있는데 그가 마법 지팡이까지 들고 있다면, 여간해서는 눈길을 끌 수 없을 테니까요!"

"여러분에게 새로운 어둠의 마법
방어법 교수를 소개하겠습니다.
바로 나예요!"

길더로이 록하트, 〈해리 포터와 비밀의 방〉

루핀 교수

배우 데이비드 슐리스는 어둠의 마법 방어법 과목의 리머스 루핀 교수 역을 맡았을 때 "〈해리 포터와 아즈카반의 죄수〉에만 그 역할이 나오는 줄" 알았다. 4권인 《해리 포터와 불의 잔》에 루핀이 나오지 않기 때문이다. 그러던 어느 날, 그는 루핀이 5권에 다시 나온다는 소문을 들었다. 영화 촬영 중간에 5권 《해리 포터와 불사조 기사단》이 출간되자, 그는 한밤중에 동네 서점에 가서 마법사 복장을 한 팬들과 함께 줄을 섰다. "책을 받고 줄을 선 채로 루핀이 나오는지 훑어보았어요. 상당히 앞부분에 있어서 빨리 발견했죠." 〈해리 포터와 불사조 기사단〉을 다시 촬영할 수 있다는 사실에 기뻐하며, 데이비드 슐리스는 자기 캐릭터가 끝까지 살아남는지 확인하려고 책 뒤편을 보았다. 주요 배역 중 한 명이 죽는다는 소문이 있었기 때문이다. "루핀이 살아남는지 확인하다가 시리우스 블랙의 죽음을 이야기하는 대목을 보게 됐어요." 우연히도 그다음 날 아침, 슐리스는 같은 동네에 사는 게리 올드먼을 만났다. "게리가 저한테 책을 봤냐고 묻더군요. 저는 '네, 네, 좋더라고요'라고 대답했죠. 게리가 '같이 열심히 합시다'라고 말했고, 저는 '네, 네, 좋아요'라고만 했어요. 게리에게 '시리우스는 중간에 죽을 거예요'라고 말해줄 수가 없더라고요."

〈해리 포터와 아즈카반의 죄수〉에서는 루핀이 늑대인간이라는 사실이 밝혀진다. 슐리스와 알폰소 쿠아론 감독은 정형화된 이 '영화 괴물'을 새롭게 표현하기로 결심했다. 쿠아론은 루핀을 "무서운 병을 감춘 착한 삼촌"으로 보았다. "그는 건강도 잃고 힘도 없고 병들었어요. 무서운 게 아니라 슬픈 늑대인간이었죠." 슐리스도 같은 생각이었다. 이들은 변신의 문제는 변신이 이루어졌을 때에만 다루기로 했다. 그는 말한다. "그것만 빼면 루핀은 아이들에게 사랑받는 교수였고, 그런 처지에 있을 다른 사람들보다 좀 더 사교적이고 온화하죠." 슐리스는 〈굿바이, 미스터 칩스〉 같은 영화 속의 사랑받는 선생님들뿐 아니라 학창 시절의 선생님들에게서도 아이디어를 얻었다.

영화 속 첫 등장:
〈해리 포터와 아즈카반의 죄수〉

재등장:
〈해리 포터와 불사조 기사단〉,
〈해리 포터와 혼혈 왕자〉,
〈해리 포터와 죽음의 성물 1부〉,
〈해리 포터와 죽음의 성물 2부〉

기숙사: 그리핀도르

직업: 어둠의 마법 방어법 교수(3학년)

소속: 불사조 기사단

특이 사항: 늑대인간(무니)

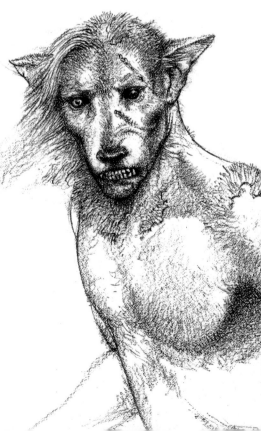

왼쪽: 도둑 지도를 앞에 둔 루핀.
오른쪽: 늑대인간. 웨인 발로 개발 작업.
43쪽 위부터 시계방향으로: 해리 포터가 헤드위그(기즈모)를 데리고 루핀과 함께 시간을 보내고 있다./단순한 양복을 입은 루핀과 루핀의 양복을 위한 천 샘플들. 마우리시오 카네이로 스케치. 모두 〈해리 포터와 아즈카반의 죄수〉에 쓰였다.

"전에는 이거보다 더 흉했어."

리머스 루핀,
〈해리 포터와 아즈카반의 죄수〉

HARRY POTTER
& THE PRISONER OF AZKABAN
COSTUME CONTINUITY

CHARACTER	PROF LUPIN	ACTOR:	DAVID THEWLIS.

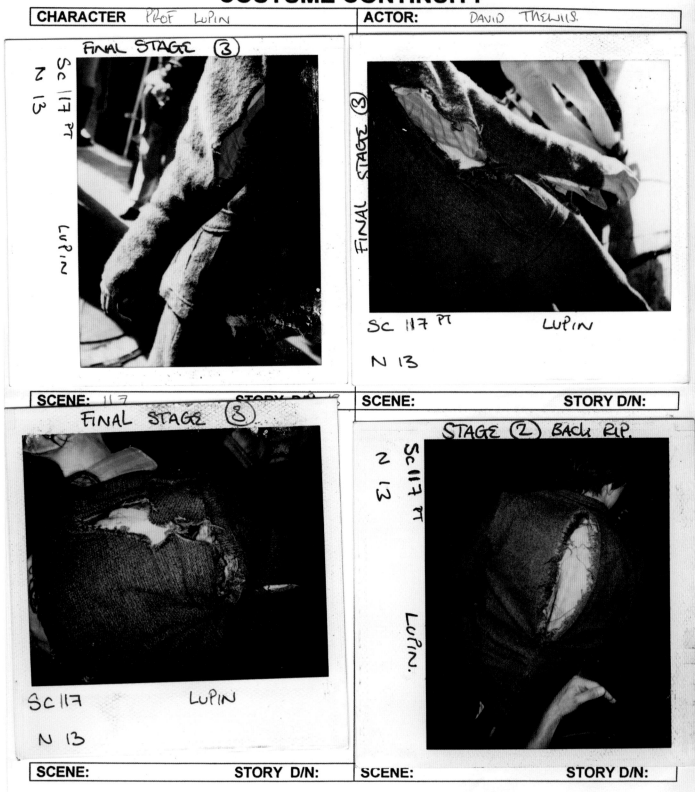

FINAL STAGE ③

Sc 117 PT
N 13

LUPIN

FINAL STAGE ③

SC 117 PT   LUPIN

N 13

FINAL STAGE ③

SC 117   LUPIN

N 13

STAGE ② BACK RIP.

Sc 117 PT
N 13

LUPIN.

SCENE: 117	STORY D/N:
SCENE:	STORY D/N:

SCENE:	STORY D/N:
SCENE:	STORY D/N:

리머스 루핀의 질병은 많은 면에서 그에게 큰 고난이 된다. 그중 하나는 옷 문제였다. 사니 트림은 말한다. "책에 루핀의 옷은 품질이 좋지 않고 추레하다고 나와요. 그래서 그의 옷과 가운을 우중충하고 낡아 보이게 만들었죠. 다른 교수들과는 다르게요. 그래도 루핀은 아주 씩씩한 교수였어요." 상태와 상관없이 루핀의 복장은 마법사 복장에 대한 트림의 원칙을 보여준다. 트림은 말한다. "우리는 모든 옷에 '전통적 구조'라고 할 만한 것을 넣고자 했어요. 루핀의 옷도 소매가 길고 뾰족하며, 깃도 뒤쪽이 뾰족하죠. 주머니에도 뾰족한 지점들이 있어요. 그는 전형적인 영국 마법사죠."

루핀의 마법 지팡이

리머스 루핀의 지팡이는 올리브나무로 만들었다. 지팡이를 디자인한 피에르 보해나는 말한다. "그렇게 부드럽지는 않아요. 지휘봉과 아주 비슷한 형태죠." 소품 제작자들은 지팡이들에 시대를 초월한 느낌을 주려고 했다. "지나간 시대의 느낌, 적어도 오래 사용한 느낌을 주려고 했어요. 하지만 얼마나 오래됐는지는 짐작하기 어려워야 했죠." 데이비드 슐리스(루핀)는 지팡이를 기념으로 가져가고 싶었지만, 촬영이 끝날 때마다 스태프들이 그것을 얼마나 조심스럽게 간수하는지를 알고 있었기 때문에 차마 가져가지 못했다. 그는 웃으며 말한다. "그걸 가지고 가는 건 은행에서 금괴를 빼내는 것과 비슷했죠."

44쪽: 루핀이 늑대인간으로 변신하면서 옷이 찢어지는 연속 장면.
45쪽: 늑대인간이 된 루핀. 웨인 발로 비주얼 개발 작업.

무디 교수

앨러스터 무디의 수업 스타일은 이전까지 어둠의 마법 방어법을 가르쳐 온 교사들과는 180도 다르다. 무디를 연기한 배우 브렌던 글리슨은 그것이 "거친 사랑"이라고 말한다. "무디는 학생들이 세상에 악이 존재한다는 사실을 직시하고, 앞으로 자신들에게 닥칠 일을 알기를 바라는 거예요." 무디가 학생들 편이라는 사실은 〈해리 포터와 불사조 기사단〉과 〈해리 포터와 죽음의 성물 1부〉에 잘 드러난다. "그가 해리를 보호하기 위해서 호그와트에 왔다는 사실을 알고 나면, 그가 옆에 있다는 사실도 불편하지 않죠." 글리슨은 전직 오러의 강인한 성격을 잘 활용한다. "무디는 마법 지팡이를 든 청부살인자예요. 지독한 트라우마를 겪었죠. 한때는 최첨단 기술의 소유자였지만, 지금 그 기술들은 유통 기한이 지났고, 그래서 지금은 편집증 환자처럼 되어버렸어요. 하지만 사람들은 그를 가만 놔두지 않습니다. 그가 존재하는 한은 계속 그럴 테죠!"

자니 트밈은 청부살인자라는 글리슨의 생각에 동의한다. "저는 미국 서부극에서 이 인물에 대한 아이디어를 얻었어요. 차이점이라면 무디는 말 대신 빗자루를 타고 석양 속으로 사라진다는 점이죠. 그리고 그는 항상 코트를 입은 채로 잠을 자요. 그러니까 코트에서 사는 거예요. 모든 물건이 그 코트 안에 있죠." '그 코트'는 1940년대 군용 코트에서 아이디어를 얻어서 어두운 카키색으로 만들고, 정말로 그 시대의 것처럼 낡게 표현했다. 마모 작업가 팀 섀너헌은 이 작업은 토치램프로 시작된다고 말한다. "모든 코트의 섬유에는 잔털이 나 있어요. 하지만 세월이 지나면 눌려서 반들거리게 되죠. 바늘땀도 그렇고 코트 천 전체도 마찬가지예요. 우리는 토치램프로 섬유의 표면 솜털 부분을 가볍게 대었어요." 표백제를 사용해서 특정 부분을 밝게 만들기도 하고 타르나 물감으로 얼룩도 만든다. 거기에 사포질을 하고 얼룩을 묻히고, 칼과 솔로 찢고 너덜거리게 한다. 단추, 버클, 지퍼는 사포질과 니스 칠로 광택을 없앤다. 그러는 동안 주머니는 물에 적시고 안에 무거운 물건을 넣어서 처지게 한다. 이 모든 작업은 배우의 코트뿐 아니라 스턴트 대역의 코트에도 똑같이 했고, 촬영 중 발생하는 파손과 마모 때문에 같은 옷을 여러 벌 만들었다. 매드아이 무디의 코트 한 벌을 만드는 데는 80시간가량이 소요되었

영화 속 첫 등장:
〈해리 포터와 불의 잔〉

재등장:
〈해리 포터와 불사조 기사단〉,
〈해리 포터와 죽음의 성물 1부〉

직업: 전직 오러,
어둠의 마법 방어법 교수(4학년)

소속: 불사조 기사단

왼쪽: 〈해리 포터와 죽음의 성물 1부〉에서 폴리주스 마법약 병을 넣은 무디의 코트 주머니.
오른쪽: 마우리시오 카네이로의 의상 스케치.
47쪽: 〈해리 포터와 불의 잔〉의 홍보용 사진에서 매드아이 무디로 변장해 '그 코트'를 입은 바티미어스 크라우치 2세 역의 글리슨.

는데, 배우와 스턴트 대역을 합쳐 모두 일곱 벌의 코트가 필요했다.

무디의 가장 두드러지는 특징인 '매드아이'는 실리콘으로 만들고 놋쇠로 테를 둘러서 끈으로 묶어 고정했다. 처음에는 배우의 얼굴에 디지털로 눈을 그려 넣을 생각이었다. 닉 더드먼은 말한다. "하지만 우리는 그 계획을 바꾸고 싶었습니다. 브렌던 글리슨이 매드아이를 쓰지 않을 때에도 그 눈은 제자리에 있는 편이 좋을 것 같았거든요." 문제는 눈을 자연스럽게 붙이는 것이었다. 더드먼이 말한다. "우리는 그가 큰 부상으로 눈을 잃었다고 설정하고 얼굴 한쪽에 흉터를 크게 만들었습니다. 그러자 애니메트로닉 디자이너 크리스 바턴이 배우의 눈 위에 기계 눈을 붙이고 홍채 안쪽에 크기가 3밀리미터도 안 되는 작은 자석을 넣어서 무선 서버로 눈동자를 움직이게 하자는 아이디어를 냈죠." 하지만 자석 눈이 너무 멀리 옆으로 가면, 놋쇠 테두리에 부딪혀 자력 연결이 끊기고 작동이 멈췄다. 더드먼은 덧붙인다. "때로는 배우의 눈과 기계 눈의 위치가 맞지 않았는데, 그런 부분은 후반 제작에서 해결했어요. 아주 깔끔하고 단순하고 실용적인 해결책이었죠."

몇 개의 조각으로 만든 보형물에는 기계 눈과 연결된 선을 감추는 통로들이 매립되어 있었고, 기계 눈을 고정하는 끈이 이 통로들을 가려주었다. 분장 팀과 헤어 팀은 이 보형물 위에 가발을 씌웠다. 에트네 페넬이 말한다. "우리는 가발로 기계 장치 전체를 가렸어요. 가발은 각 부분을 따로 만들어서 연결했죠. 그래야 문제가 생기면 일부만 들어 올려서 수리한 다음 다시 덮을 수 있으니까요."

〈해리 포터와 불의 잔〉에 나오는 매드아이 무디는 사실 폴리주스 마법약을 먹고 변신한 바티미어스 크라우치 2세였다. 마이크 뉴얼 감독은 말한다. "무디라는 인물은 한 명의 배우가 연기했지만, 그때는 내면에 다른 배우를 품고 있어야 했죠." 크라우치 2세 역은 데이비드 테넌트가 맡았는데, 그는 〈해리 포터〉 영화에 출연한 것은 "잉글랜드 축구 대표팀에 선발된 것 같은 일이며, 기대하지 않았더라도 일단 제안을 받으면 거절할 수 없는 명예"라고 말했다. 역할은 작았지만, 테넌트의 연기는 깊은 인상을 남겼다. 특히 죽음을 먹는 자로서 연기한 뱀 같은 혀 동작이 인상적이었다. "두 캐릭터를 연결하는 뭔가가 있어야 한다"는 뉴얼 감독의 말에 테넌트가 그 동작을 생각해 내자, 브렌던 글리슨도 그 동작을 연기에 활용했다.

"전직 오러, 마법 정부 불만 세력,
그리고 새로운 어둠의 마법
방어법 교수. 내가 여기 온 건
덤블도어의 부탁 때문이었어.
그게 다야. 안녕, 이제 끝이로군!"

무디 교수, 〈해리 포터와 불의 잔〉

무디의 마법 지팡이

앨러스터 무디는 모두 4개의 지팡이를 사용했고, 그중 하나는 〈해리 포터와 불의 잔〉에서 은으로 만든 자신의 다리를 수리하기 위해 특별히 고안된 것이다. 배우 브렌던 글리슨은 말한다. "저는 그 지팡이를 더블린의 한 첨탑 모양으로 만들어 달라고 했어요. 단 한 번 사용했지만, 제가 지팡이를 하나 가질 수 있다면 바로 그걸 선택할 겁니다." 무디가 평소에 쓰는 마법 지팡이의 손잡이는 그의 보행용 지팡이와 비슷하게 동그란 모양이고, 몸체에는 은과 놋쇠 띠를 둘렀다. 이 지팡이는 다른 지팡이들보다 짧아서 그가 많은 일을 겪었음을 암시한다.

48쪽 위 왼쪽: 〈해리 포터와 불의 잔〉의 현장 스틸 사진.
48쪽 위 오른쪽: 매드아이의 초기 스케치. 웨인 발로 작품.
48쪽 아래: 마우리시오 카네이로의 의상 스케치.
아래: 무디의 의족. 애덤 브록뱅크 제작.
위: 애덤 브록뱅크의 콘셉트 아트.

엄브리지 교수

해리 포터의 다섯 번째 책《해리 포터와 불사조 기사단》이 나왔을 때, 이멜다 스탠턴은 친구에게서 네가 꼭 맡아야 할 역할이 있다는 전화를 받았다. 스탠턴이 말한다. "그래 서 책을 다시 읽어봤죠. 그랬더니 '키 작고 뚱뚱하고 못생기고 두꺼비 같은 여자'라는 설 명이 있더군요. 아, 이렇게 고마울 데가!" 하지만 스탠턴은 덜로리스 엄브리지를 "귀여 운 악역"이라고 보았다. "그리고 이 역은 크레인에 오래 매달려 있을 필요가 없었어요."

스탠턴은 처음에는 엄브리지가 책에 묘사된 모습 그대로 구현될지 궁금했다. '정말 문자 그대로 두꺼비처럼 꾸밀까? 보형물을 착용해야 할까?' 보형물을 사용하지는 않았 지만, 스탠턴은 캐릭터를 위해 추가 장치를 요청했다. 자니 트밈은 말한다. "배우가 엉덩 이를 크게 해달라고 했어요. 실제로 스탠턴은 여윈 체격이거든요." 앞뒤로 패딩을 대고 나자 스탠턴은 특징적인 걸음을 고안했다. "오리 같더군요." 트밈은 웃으며 말한다. 엄브 리지의 몸은 뻣뻣하고 부자연스럽고 거의 로봇 같아서, 상냥한 척하는 태도와 어울리지 않는다. 트밈은 말한다. "엄브리지는 진짜 선생도 아니고, 선생처럼 보이고 싶어 하지도 않아요. 마법 정부에서 온 사람처럼 보이길 원하죠." 트밈은 새침하고 우아한 실루엣에 소녀 같은 감성을 담은 복장을 만들었다. "엄브리지의 의상은 진지한 분위기로 만들되, 언제나 약간 지나친 요소를 한 가지 넣었어요. 그래서 리본이 너무 크다거나 직물 조합 이 거칠다거나 했죠. 이멜다는 자신의 의견이 강했지만, 다행히 저랑 의견이 같았어요."

엄브리지의 의상에는 브로치, 핀, 반지 등의 장신구가 쓰였고 그 모두에 고양이 이미 지가 포함된다. 엄브리지 방의 장식도 마찬가지였다. 책에는 엄브리지가 분홍색 옷을 좋 아한다고 나오는데(마법사 로브조차 분홍색이다) 트밈은 롤링이 이토록 엄혹한 인물에게 이렇게 부드러운 색을 설정했다는 사실을 높이 평가했다. 그리고 이런 모순된 속성을 잘 활용했다. 엄브리지의 옷은 처음에는 부드러운 분홍색이지만, 갈수록 색상이 진해져서 마지막에는 거의 형광 꽃분홍색이 된다. 트밈은 이것이 "자극적이고 공격적"인 색깔이 라고 보았다. 그리고 이런 불일치를 더욱 강조하기 위해서 손으로 짠 트위드, 플러시, 벨 벳, 앙고라 같은 부드러운 직물을 사용했다. 스탠턴과 트밈은 이 점에서 의견이 완전히 일치했다. 스탠턴은 말한다. "저는 엄브리지가 부드러워 보이기를 바랐어요. 그래서 자 니와 그 점을 의논했죠. 강한 모습은 싫었거든요. 엄브리지의 겉모습은 부드럽고 따뜻해 야 한다고 생각했죠. 작고 둥글고 폭신폭신해 보이는 사람이 냉혹하다고 밝혀지는 것보 다 더 무서운 일이 있을까요? 제 생각에 엄브리지는 어린 학생들로 하여금 분홍색을 통 해 진실을 깨닫도록 하는 사람이에요."

오른쪽과 51쪽 오른쪽 위: 자니 트밈의 의상 디자인을 보면 분홍색이 점점 강해지는 것을 알 수 있다. 마우리시오 카네이로 스케치.
51쪽 왼쪽: 이멜다 스탠턴의 소녀스러운 동작과 어디에도 빠지지 않는 고양이 장신구. 〈해리 포터와 불사조 기사 단〉의 홍보용 사진.
51쪽 오른쪽 아래: 천 견본들.

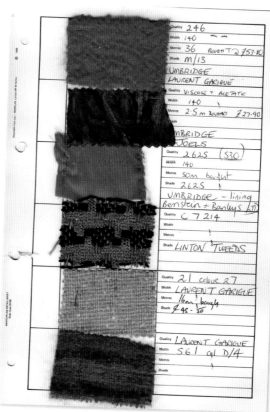

엄브리지의 마법 지팡이

당연하게도, 덜로리스 엄브리지의 마법 지팡이에는 분홍색이 들어 있다. 지팡이 전체는 고리를 겹겹이 꿴 것 같은 모양에, 끝부분이 뾰족하고, 중간에 동그란 진분홍색 보석이 있다. 지팡이는 자주색 마호가니로 만들었지만, 그 위에 투명한 송진을 입히고 착색을 했다.

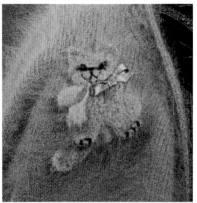

딜로리스 엄브리지가 5학년 학생들의 O.W.L.(보통 마법사 등급) 시험을 감독하고 있을 때 대연회장 밖에서 불안한 소음이 들려오고 엄브리지는 무슨 일인지 알아보려고 문을 열고 나간다. 그때 갑자기 프레드와 조지 위즐리가 빗자루를 타고 날아 들어와 학생들의 시험지를 흩뜨려놓고 대연회장 전체에 위즐리의 윙윙대는 도깨비불을 터뜨린다. 마지막으로 커다란 불꽃 용이 달아나는 엄브리지를 대연회장 끝까지 쫓아가 빛나는 입으로 그녀를 '삼켜'버린다. 불꽃은 엄브리지가 대연회장 바깥에 잔뜩 걸어놓은 교육 법령 액자들로 날아가 그것들을 산산조각 낸다. 한바탕 소동이 끝났을 때(위즐리 쌍둥이는 오직 그들만이 할 수 있는 멋을 뽐내며 호그와트를 떠난다), 엄브리지는 불꽃에 그을리고 연기를 피워 올리는 분홍색 투피스를 입은 채 부서진 교육 법령 액자들 사이에 망연자실하게 서 있다.

그 불꽃놀이의 후폭풍을 표현하기 위해 엄브리지는 튜브가 달린 조끼를 옷 안에 받쳐 입었다. 등 쪽으로 나와 있는 튜브에 연기를 흘려 넣어 엄브리지의 옷에서 연기가 나는 듯한 효과를 낸 것이다. 그을린 모습을 연출하기 위해 옷은 와이어브러시와 페인트, 먼지로 더럽혔다. 엄브리지 주위에 떨어진 교육 법령 액자들은 다행히 그 장면을 위해 스티로폼으로 만든 것이었다.

위 3컷: 엄브리지의 의상은 고양이 장식품에서 분홍색 구두에 이르기까지 분홍색으로 뒤덮여 있다.
오른쪽: 엄브리지의 어둠의 깃펜 디자인.
53쪽: 자니 트밈이 디자인하고 마우리시오 카네이로가 그린 의상 디자인. 분홍색의 색조가 후쿠시아 분홍에서 진홍색으로 점점 강해지는 것이 보인다.

"열심히 공부하면 보상이 있을 겁니다.
그러지 못하면, 결과는 냉혹할지 몰라요."

엄브리지 교수,
〈해리 포터와 불사조 기사단〉

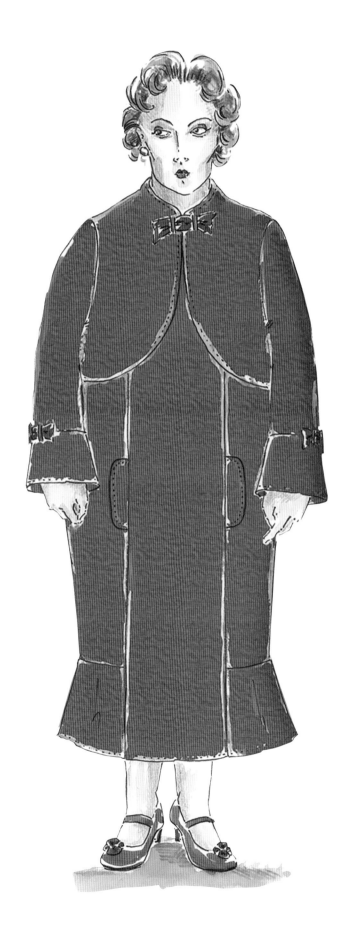

슬러그혼 교수

마법약 교수 호러스 슬러그혼으로 〈해리 포터〉 영화에 출연한 짐 브로드벤트는 그전에 이미 100편이 넘는 영화에서 다양한 역할을 소화한 배우였다. 하지만 그런 그에게도 〈해리 포터와 혼혈 왕자〉는 새로운 도전이었다. 브로드벤트가 말한다. "사람들이 처음 제 캐릭터를 만났을 때, 저는 안락의자로 변장하고 있었죠." 오랜 배우 경력에 그와 비슷한 경우는 없었을까? "변기의 목소리 연기를 한 적은 한 번 있었어요. 하지만 몸으로 의자 역할을 한 건 처음이었죠." 자니 트밈은 안락의자 커버에서 잠옷으로 변신할 연보라색 천을 구했다. 하지만 이것은 슬러그혼의 다양한 의상 중 하나였을 뿐이다.

트밈은 슬러그혼이 덤블도어처럼 옷을 좋아하는 건 아니지만, "상황에 맞는 옷을 모두 갖고 있는 사람"이라고 보았다. 트밈은 그가 25년 동안 같은 옷을 입었고, 그 옷들이 여전히 감각적이긴 하지만 이제 약간 낡고 초라해 보인다고 생각했다. "그가 그 옷들을 계속 입는 건 아마도 지난날의 영광을 되찾고 싶어서일 거예요. 그 옷들은 예전에는 아름다웠지만, 이제 오래되어서 단추도 덜렁거리고, 구두도 손상되고, 천은 여러 차례 수선됐죠." 그런데 우리는 그 옷들의 본래 상태를 볼 기회가 있다. 그가 톰 리들을 가르치던 시절을 펜시브로 들여다볼 때다. 짐 브로드벤트는 패딩을 둘러서 뱃살과 나이를 표현했는데 '젊은 시절'을 연기할 때는 이것을 뺐다.

영화 속 첫 등장:
〈해리 포터와 혼혈 왕자〉

재등장:
〈해리 포터와 죽음의 성물 2부〉

기숙사: 슬리데린

직업: 마법약 교수

왼쪽과 55쪽 위 오른쪽: 슬러그혼의 다양한 옷을 보여주는 〈해리 포터와 혼혈 왕자〉의 의상 스케치들.
오른쪽: 과거 회상 장면 속 슬러그혼의 옷 상태가 훨씬 좋다.
55쪽 왼쪽: 슬러그혼의 '옥스브리지' 스타일 망토.
55쪽 아래: 천 견본들.

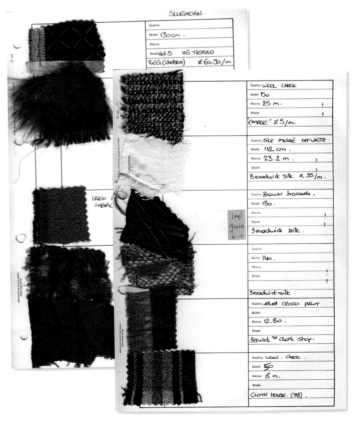

"하지만 그게 인생이야!
열심히 달려가다가 갑자기……
사라지는 거."

슬러그혼 교수,
〈해리 포터와 혼혈 왕자〉

슬러그혼은 영국 고전 남성복을 반영한 스리피스 정장에 트위드 재킷을 입고, 적갈색, 갈색, 베이지색의 나비넥타이를 맨다. "하지만 언제나 약간씩 변형되어 있었죠. 그는 천이 조금 더 요란하고, 무늬도 조금 지나치다 싶게 두드러진 옷을 입으니까요." 트밈은 그를 "괴짜 멋쟁이"로 보았고, 플러시 천, 양단, 실크를 통해서 인생의 섬세한 묘미들을 즐기는 이의 면모를 보여주고자 했다. 트밈은 그에게 옥스브리지 스타일의 교수 옷을 입히고 술 달린 사각모를 씌웠다. '옥스브리지'란 영국의 두 명문 대학 옥스퍼드와 케임브리지를 합한 말로 뛰어난 지성과 높은 사회적 지위를 상징한다. 트밈은 슬러그혼이 그런 표시를 내고자 한다고 생각했다. "그는 학자라는 사실에 자부심을 갖고 있어요. 그 자부심을 드러내는 건 아주 중요했죠." 슬러그혼은 또 갈색 체크무늬 망토와 깃과 소맷부리에 "마법사들만 아는 동물의" 털이 달린 하얀 코트도 입는다.

슬러그혼의 옷이 모두 마련되자 팀 섀너헌이 이끄는 마모 팀의 작업이 시작되었다. 슬러그혼의 모직 정장은 가장 많이 닳았을 부분(어깨, 소맷부리, 주머니)의 섬유를 태워서 직물을 얇게 만들었다. 밝은 색은 물을 빼고, 특별한 용액을 써서 세탁해도 없어지지 않는 묵은 때를 표현했다. 이런 마모 작업은 얼마나 해야 할까? 트밈은 이렇게 말한다. "안감이 비쳐 보이면 그때 멈춰야 해요."

위: 〈해리 포터와 혼혈 왕자〉에서 슬러그혼 교수가 '민달팽이 클럽' 회원 후보들과 파티를 하고 있다.
아래 왼쪽과 57쪽 위: 마우리시오 카네이로의 의상 스케치들.
아래 오른쪽: 의자와 같은 재료로 만든 슬러그혼의 가운 일부.
57쪽 아래: 슬러그혼이 독손가락 잎을 떼어내는 모습을 지나가던 해리 포터가 보고 있다.

슬러그혼의 마법 지팡이

콘셉트 아티스트 애덤 브록뱅크는 호러스 슬러그혼의 지팡이를 만들 때 그의 성씨를 생각했다. 브록뱅크는 설명한다. "진짜 민달팽이(슬러그) 같아요. 몸체가 구불구불 두 번 휘고, 손잡이 끝에는 호박석 같은 재료로 만든 혹이 달팽이의 두 눈처럼 튀어나와 있죠." 손잡이는 어두운 은색이고, 몸통은 "나무에 은으로 달팽이 자국 같은 모양을 새겨 넣어" 만들었다. 슬러그혼의 지팡이는 두꺼운 주물을 쓴 데다 은도 많이 포함되어 있어서, 영화 속 지팡이들 가운데 가장 무거운 지팡이 중 하나였다.

호그와트의
유령들

《해리 포터와 비밀의 방》에 나오는 '사망일' 파티. 애덤 브록뱅크 비주얼 개발 작업. 영화에는 나오지 않았다.
59쪽 위: 목이 달랑달랑한 닉(존 클리스)이 왜 '목이 달랑달랑한'이라고 불리는지 보여주고 있다.
59쪽 아래: 〈해리 포터와 비밀의 방〉의 콘티 사진들.

"니컬러스 경이라고
불러주는 게 더 좋아."

목이 달랑달랑한 닉,
〈해리 포터와 마법사의 돌〉

영화 속 첫 등장:
〈해리 포터와 마법사의 돌〉

재등장:
〈해리 포터와 비밀의 방〉,
〈해리 포터와 불사조 기사단〉(영화에서 삭제됨)

기숙사: 그리핀도르

직업: 유령

니컬러스 드 밈시포핑턴, 일명 목이 달랑달랑한 닉

주디애나 매커브스키는 〈해리 포터와 마법사의 돌〉에서 호그와트 유령들의 촬영 일정이 거의 마지막으로 잡힌 것이 기뻤다고 회상한다. "유령들을 어떻게 표현해야 할지 생각하는 데 9개월이 걸렸어요. 유령들은 특이해야 했고, 그러면서도 로버트 레가토가 작업할 수 있는 방식이어야 했죠." 로버트 레가토는 〈해리 포터와 마법사의 돌〉의 시각효과 총괄 책임자였다. "적절한 재료를 찾는 데 시간이 아주 많이 들었어요." 매커브스키는 호그와트 유령들에게 제각기 다른 역사적 배경을 설정했다. 회색 숙녀는 르네상스 후기, 피투성이 남작은 바로크/로코코 시대 인물로 만들고, 뚱보 수도사는 일반적인 수도승을 참고했다. 존 클리스가 연기한 니컬러스 드 밈시포핑턴 경은 엘리자베스 1세와 제임스 1세 시대에 걸친 인물로 보고, '달랑달랑한 목' 주변에 주름이 장식된 그 시대의 옷을 입혔다. 매커브스키는 이렇게 말한다. "옷을 입혀볼 때 그렇게 많이 웃은 적이 없었어요. 고맙게도 존 클리스는 제가 멋대로 하게 해줬죠. 정말 우스꽝스러운 타이츠 바지를 포함해서 모든 옷들을 기꺼이 입어줬어요." 매커브스키는 결국 안에 구리 선을 넣어서 모양을 잡을 수 있게 만든 망사 천으로 유령 옷을 만들기로 했다. "전통적인 유령들처럼 투명한 몸에 휘날리는 시폰 천을 입히고 싶지는 않았어요. 그런 건 이미 너무 많이 본 모습이니까요. 진짜 역사가 있는 진짜 옷을 보여주고 싶었죠." 로버트 레가토는 이 생각에 만족했고, 그 역시 존 클리스와 함께 작업하는 일이 "기절할 만큼 재미있었어요"라고 말한다. "그는 우리 팀과 딱 하루 동안 일했는데, 우리는 그날 온갖 괴상한 시도를 다 해보려고 정말 열심히 일했어요." 레가토 역시 그동안 영화에 유령이 아주 많이 나왔다는 것을 인정했다. "아마 100만 번은 나왔을걸요. 그래서 이 유령들을 예전 영화에 등장한 유령들보다 그럴듯하게 만들 수 있을까? 하는 것이 문제였어요." 후반 제작에서는 디지털 작업을 통해 유령들에게 은은한 빛과 유령스러운 특징들을 추가했다.

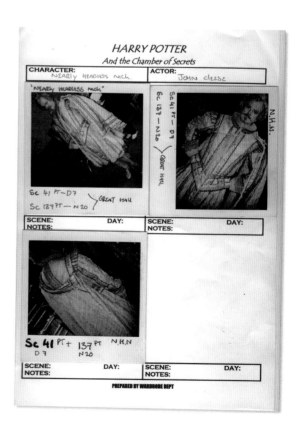

울보 머틀

울보 머틀은 죽은 여학생으로 〈해리 포터와 비밀의 방〉에서는 여학생 화장실에 드나들고, 〈해리 포터와 불의 잔〉에서는 반장 전용 욕실로 해리 포터를 찾아온다. 울보 머틀을 연기한 특이한 목소리의 배우 셜리 헨더슨은 머틀의 목소리를 이렇게 묘사한다. "상처받은 목소리였어요. 촬영하면서 많이 울었고, 그러다 보니 꼴깍거리는 소리를 내는 데 도움이 됐어요. 꼭 목에 물이 걸린 것처럼요." 머틀의 호그와트 교복 로브는 거친 직물과 깃 부분의 주름 장식이 작품 속 현재 사건들보다 50년 전을 떠올리게 한다. 머틀의 모든 옷은 잿빛을 띠었다. 헨더슨은 몸에 하니스(어깨와 가슴 주변에 매고 때로는 허리에 감싸는 끈으로, 충격을 몸의 가장 넓은 부위로 퍼뜨려 완화시켜 준다—옮긴이)를 장착하고 그린스크린 앞을 날면서 몸을 비틀며 연기했고, 제작진은 그렇게 찍은 머틀을 디지털 버전으로 옮겼다. 시각효과 제작자 에마 노턴은 말한다. "머틀이 변기에 들어갔다가 나오고 수도관에서 튀어나오게 만들었죠. 그건 당연히 CGI로 해야 하는 일이었어요!"

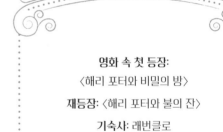

영화 속 첫 등장:
〈해리 포터와 비밀의 방〉
재등장: 〈해리 포터와 불의 잔〉
기숙사: 래번클로
직업: 유령

아래: 〈해리 포터와 비밀의 방〉의 홍보용 사진 속 울보 머틀 역의 셜리 헨더슨.
위: 비밀의 방이 열릴 때 론, 해리, 록하트 교수 위를 떠도는 울보 머틀. 앤드루 윌리엄슨 아트워크. 그런데 영화는 이렇게 찍지 않았다.
61쪽: 〈해리 포터와 마법사의 돌〉에서 장난꾸러기 피브스 역을 맡은 배우 릭 메이얼. 하지만 이 유령은 폴 캐틀링의 개발 작업 단계를 벗어나지 못했다.

피브스

책을 영화로 옮길 때는 안타깝게도 중간에 잘려 나가는
캐릭터들이 생긴다. 〈해리 포터와 마법사의 돌〉에서 호그
와트를 떠도는 장난꾸러기 폴터가이스트 피브스 역은 배
우 릭 메이얼이 맡았지만, 안타깝게도 이렇게 익살스러운
의상 스케치만 남기고 사라졌다.

"네가 거기서 죽는다면,
내 화장실을
같이 쓰게 해줄게."

울보 머틀,
〈해리 포터와 비밀의 방〉

헬레나 래번클로, 일명 회색 숙녀

처음에 나나 영이 연기한 회색 숙녀는 〈해리 포터와 마법사의 돌〉의 첫 연회 장면에서 다른 호그와트 유령들과 함께 나온다. 회색 숙녀는 〈해리 포터와 비밀의 방〉에도 나오지만 그 장면은 영화에서 삭제되었다. 회색 숙녀의 정체는 〈해리 포터와 죽음의 성물 2부〉에서 마침내 밝혀지는데, 그녀는 래번클로 기숙사 창립자의 딸인 헬레나 래번클로였다. 한때 통스 역을 맡을 것으로 여겨졌던 배우 켈리 맥도널드가 이 역을 맡았다. 이 역은 〈해리 포터〉 시리즈에서 가장 마지막에 캐스팅된 주요 배역이었다. 자니 트밈은 처음에 나온 디자인을 버리고 좀 더 단순하고 매끈한 중세풍 디자인을 선택했다. 몸에 꼭 맞는 속가운에는 자수 장식을 하고, 겉가운에는 레이스를 달았으며 양쪽 모두에 아래로 늘어진 긴 소매를 달았다.

영화 속 첫 등장:
〈해리 포터와 마법사의 돌〉

재등장:
〈해리 포터와 비밀의 방〉,
〈해리 포터와 죽음의 성물 2부〉

기숙사: 래번클로

직업: 유령

"물어봐야 한다면,
넌 결코 알 수 없을 거야.
알고 있다면,
물어봐야겠지······."

헬레나 래번클로,
〈해리 포터와 죽음의 성물 2부〉

맨 왼쪽: 래번클로 기숙사의 창립자 로위너 래번클로는 〈해리 포터와 죽음의 성물 2부〉에 나올 예정이었지만, 영화에서 삭제되었다.
가운데와 오른쪽: 〈해리 포터와 죽음의 성물 2부〉에서 헬레나 래번클로의 의상은 단순한 중세풍 실루엣이었다. 자니 트밈 디자인, 마우리시오 카네이로 스케치.
63쪽: 〈해리 포터와 마법사의 돌〉에 출연한 회색 숙녀 역의 니나 영. 엘리자베스 1세 시대풍을 보여준다.

해리 포터 필름 볼트 Vol. 11
: 호그와트 교수들과 직원들

초판 1쇄 인쇄 2021년 10월 20일
초판 1쇄 발행 2021년 12월 29일

지은이 | 조디 리벤슨
옮긴이 | 고정아, 강동혁
발행인 | 강봉자, 김은경

펴낸곳 | (주)문학수첩
주소 | 경기도 파주시 회동길 503-1(문발동 633-4) 출판문화단지
전화 | 031-955-9088(마케팅부), 9532(편집부)
팩스 | 031-955-9066
등록 | 1991년 11월 27일 제16-482호

홈페이지 | www.moonhak.co.kr
블로그 | blog.naver.com/moonhak91
이메일 | moonhak@moonhak.co.kr

ISBN 978-89-8392-880-1 04840
        978-89-8392-869-6(세트)

* 고유명사 등의 용어는 《해리 포터》 20주년 새 번역본을 따랐습니다.
* 파본은 구매처에서 바꾸어 드립니다.